19금 경영스쿨

19금 경영스쿨

위대한 경영자는 어떻게 성과를 내는가?

한도윤 · 장동진 글

**20대 청년들이 묻고,
성공한 기업가 19명이 답하는
경영 성과 창출의 비밀!**

푸른영토

누구나 성공한 기업가가 되고 싶어 합니다. 그러나 성공한 기업가는 그리 많지 않습니다. 성공한 기업가에겐 기업가 정신이 있다고 하지요. 대학에서 성공하는 경영 기법에 대해 수많은 과목을 가르치지만, 학업에 뛰어나다고 해서 성공하는 건 아닙니다. 기업 이론 공부와 기업 경영의 성공 여부는 완전히 별개의 문제입니다. 기업 이론은 여러 가지 수학 모형과 논리로서 설명할 수 있는 지식입니다. 그래서 누구든지 열심히 공부하면, 설명할 수 있는 지식을 얻을 수 있습니다. 많은 경영학도가 좀 더 나은 대학에 진학하거나 외국에 유학하려는 의도지요. 그러나 성공하기 위해선 이런 학교 지식만으로 불가능합니다. 경영에는 설명할 수 없는 암묵적 지식이 절대적입니다. 암묵적 지식은 유전적 요소일 수 있을 정도로 타고난 동물적 감각이 있어야 합니다. 그래서 암묵적 지식은 배우기가 어렵지요.

이 책엔 성공한 기업가들이 경영 현장에서 느낀 암묵적 지식이 담겨 있습니다. 물론 성공하기 위한 전체 지식을 포함하진 않지만—어쩌면 그런 전체 지식은 존재하지 않습니다.— 학교 수업에서 배울 수 없는 현장 지식이 있습니다. 저자들은 학생

입장에서 성공한 기업가들의 동물적 감각을 깨보려고 했습니다. 그래서 이 책은 학교 교육으로만 기업 경영을 보는 학생들이나 성공한 기업가를 꿈꾸는 이들, 일반인들에게 더 유익하고 읽기 쉽게 다가올 것입니다. 경영에 대한 암묵적 지식은 영원히 설명할 수 없는 영역이지만, 이런 영역도 한번 책으로 엮어보려 한 저자들의 용기에 박수를 보냅니다.

현진권
제22대 국회도서관장

같은 물건이라도 누가 마케팅하는지에 따라 다른 물건이 됩니다. 같은 음악이라도 누가 연주하는지, 같은 음식이라도 누가 요리하는지, 같은 사상이라도 누가 전달하는지에 따라 달라집니다. 이 책은 이제 대학교와 군 복무를 마치고 막 사회 생활을 시작하는 젊은 두 청년이 전달하는 생생한 경영 노하우입니다. 경영의 대가들 혹은 다양한 경험을 가진 작가들이 전달하는 기존의 책과는 상당히 다른 시각을 제공할 것입니다. 그래서 이 책이 가치를 가집니다.

따라서 2030들이 가장 공감할 수 있는, 또한 5060들에게는 젊은이들이 무슨 생각으로 경영을 바라보는지에 대한 혜안을 선사합니다. 저자들이 인터뷰한 경영인들은 제조업부터 서비스업까지, 초임 임원부터 최고경영자까지 매우 다양합니다. 마치 경영 지식의 뷔페와 같습니다. 미래 글로벌 기업의 최고경영자가 될 청년 기업가가 전달하는 경영 지식 뷔페를 즐기시길 추천합니다.

이승철
現 Standard Energy CSO
前 전국경제인연합회 상근부회장,

기업에도 생로병사가 있습니다. 기업은 성공에 대한 열망이 있는 기업가entrepreneur가 사업에 대한 비전을 가지고 자본과 인력을 모아 창업을 함으로써 성립됩니다. 스타트업의 경우 엔젤 투자 또는 창업 투자를 받아 매출과 이익을 늘려나갑니다. 기업의 상품이 소비자의 눈에 들면 실적이 급신장하며 성공의 사다리를 탑니다.

기업은 어느 순간 위기에 봉착합니다. 항해 도중 풍랑을 만난 배처럼 흔들립니다. 많은 사람이 포기하고 떠나가지만 성공한 기업가들은 이러한 어려움을 기회로 만들어 나갑니다. 성공의 새 역사를 쓰고 어떤 이들은 전설이 됩니다.

이 책은 대학교에서 만난 두 젊은이가 19명의 쟁쟁한 선배들에게 기업이란 무엇이며 어떻게 성공하는지, 실패에서 어떤 교훈을 얻어야 하는지를 묻는 책입니다. 경영에 입문하고자 하는 젊은이는 물론 하루하루 치열하게 생존하며 성공을 꿈꾸는 모든 분에게 일독을 권합니다.

김도영
現 NPX Capital 파트너&General Counsel
前 김&장 법률사무소 변호사

사범대학을 졸업하고 중학교에서 선생님을 하던 제게, 창업은 막연하지만, 언젠가 도전해 보고 싶은 열망이었습니다. 무모하지만 교편을 내려놓고 창업에 뛰어들었던 2018년부터 스타트업을 경영하고 있는 2022년 현재까지, 저는 어느 곳에서도 배운 적 없었던 것들을 매일 배우고 있습니다.

스타트업에 도전한 후로 저의 매일은 신선한 도전과 성장, 그로 인한 즐거움이 가득합니다. 하지만 때로는 내가 좀 더 잘 알았다면, 혹은 좀 더 견문이 넓었다면 오늘 겪었어야 하는 실패를 피할 수도 있지 않았을까 하는 아쉬움도 늘 있습니다. 창업을 하면서 피할 수 있다면 어려움이나 실패에 잘 대비하고 피하는 것도 창업의 과정에서 즐거움을 찾는 것만큼이나 중요하다고 생각합니다.

창업에 대한 막연한 동경과 호기심을 가지고 있을 예비 창업가에게 스타트업에 대해 진지하게 대비하는 데 『19금 경영 스쿨』이 큰 보탬이 되리라 생각합니다.

오지현
서울대학교 창업동아리 SNUSV.net 24기 회장

저는 경영자를 꿈꾸며 스타트업에 도전하고, 열심히 실패하고 있는 대학생입니다. 0에서 1을 만들어가고자 노력하고 있으나, 아직 경험이 많지 않다 보니 의사 결정 과정에서 자주 고군분투하고 있습니다. 경영자는 투자 유치, 기업 경쟁력, 인사, 위기 관리 등 회사의 거의 모든 부분에 대해 폭넓게 이해하며, 문제 해결을 위한 의사 결정을 해야 합니다. 그렇기 때문에 누군가 여러분들에게 처음부터 사업을 운영하고, 직면한 문제를 해결하라고 한다면 우리는 곧 벽에 부딪혀 많은 시간과 에너지를 쏟을 테고, 그래도 해결하지 못한다면 포기하고 말 것입니다.

먼저 겪어보고, 치열하게 고민해 본 선배 경영인들의 값진 조언으로 이루어진 이 책은 제게 값진 선물입니다. 스타트업을 시작하고자 하는 예비 경영자들은 국내 최고의 스타트업 학회 인사이더스의 문을 두드리시거나, 최고경영자들의 은밀한 비밀이 담겨있는 『19금 경영스쿨』을 읽어보시길 추천합니다. 여러분들의 경영자를 향한 꿈의 발판이 되어줄 것입니다.

이승한
연 · 고대 연합 창업학회 Insiders 21기 회장

비즈니스 성과를 내는
원리는 무엇인가?

한도윤

스무 살의 여름, 나는 한 성공학 특강에서 위대한 경영자들은 항상 '어떻게 하면 탁월한 성과Performance를 낼 수 있을까?'를 생각한다는 사실을 듣게 되었다. 나는 기업과 사회를 모두 건강하게 만드는 뛰어난 경영자가 되고 싶었기에, 그 이야기를 듣고 자연스레 호기심이 생겼다. '위대한 경영자들은 어떻게 성과를 낸 거지?, 성과를 내는 원리는 도대체 무엇일까?'. 이 『19금 경영스쿨』은 이와 같은 나의 학창시절 호기심에 대한 답을 찾는 과정에서 출발했다. 그리고 나는 그 호기심에 대한 실마리를 독서에서 찾을 수 있었다.

대학수학능력 시험을 마치고 도서관에서 책을 읽던 중, 어느 날, 우연히 조서환 회장님의 책 『근성, 같은 운명 다른 태도』를 읽게 되었다. 그리고 내게는 이 책과의 만남이 그 실마리를 찾을 수 있는 계기가 되어주었다. 책에는 조서환 회장님께서 사고로 오른팔을 잃으셨지만, 이를 탓하지 않고 비즈니스의 본질을 바로 보게 되면서 애경 '2080 치약', KTF 'SHOW' 등을 연달아 히트시키는 성과를 내며, 당시 사상 최대의 이익을 냈던 스토리가 담겨 있었다.

나는 어떻게 그러한 성과를 내실 수 있었는지 그 원리가 너무 궁금한 나머지 조서환 회장님께 직접 연락을 드렸다. 사실 KTF의 부사장을 역임하셨던 분이 아무 힘도 없는 학생을 만나줄까 걱정도 앞섰지만, 놀랍게도 회장님은 내게 한번 만나자며 전화를 주셨다. 이후에 조서환 회장님께서는 (주)조서환마케팅그룹에서 주관하는 마케팅과 경영 교육 과정인 '마케팅경영 최고위과정' 강의를 들으러 올 것을 제안해 주셨고, 나는 조서환마케팅그룹 마케팅팀에서 자원봉사하며 마케팅과 경영 교육을 받게 되었다. 그리고 현장에서 답을 찾아낸 기업 회장님들의 교육을 들으면서, '비즈니스 성과를 내는 원리는 무엇일까?'에 대한 답을 찾기 위해서는 그분들처럼 우선 나도 직접 현장에서 부딪혀봐야겠다고 생각했다.

처음에는 학생 신분이었기에 막막했지만 점차 생각을 전환해나갔다. 자원봉사를 통해 접점이 있었던 조서환마케팅그룹도 엄연히 회사와 고객 간 거래가 이루어지는 기업체라는 것에 주목하여, 조서환마케팅그룹에서 기업의 재화를 창출해 보기로 한 것이다. 또한, 스승의 비즈니스를 더 잘 되게 만드는 방향으로 나아간다면 투자나 사업 자금 하나 없이도 나만의 영역을 개척할 수 있겠다는 생각이 들었다.

당시 내 생각으로는 이제 막 대학에 입학한 학생이 비즈니스 이윤 창출을 시도해 볼 수 있는 거의 유일한 방법은 '세일즈', 즉 일단 회사의 상품이나 서비스를 팔아보는 것이었다. 따라서 우선 내 스승의 회사가 제공하는 마케팅 컨설팅&교육 서비스를 직접 판매해 보고, 이를 통해 이윤을 내는 것을 일차적 목표로 삼았다.

맨땅에 헤딩하기로 한 후에는 성과를 내기 위해 서점에서 세일즈 책만 수십 권을 사서 독서하기 시작했다. 특히 황창환 대표님의『한계돌파 세일즈』를 몇 번이고 읽으면서 세일즈 로직을 학습함과 동시에 나의 관심사를 어떻게 논리적인 방법으로 전하고 설득할지 고민했다. 그리고 고객이 구매를 결정하기까지의 심리 프로세스 불안 신뢰 불필요 만족를 분석하며, 내 상황에 맞춰 학습한 세일즈의 원리를 적용하고 응용해나갔다.

결과적으로 실패도 많이 겪었지만, 당시 대학 재학 중이던 21세의 어린 나이에 2,100만 원의 세일즈 Sales 계약을 체결하는 성과를 내보면서 작은 성취감을 느끼기도 했다. 그러나 비즈니스라는 넓은 개념에서 세일즈 분야에서만 성과를 내는 원리를 학습했던 정도에 불과했고, 대학생 신분으로 학교에서 공부하고 남는 시간에 경험하는 것만으로는 '비즈니스 성과를 내는 원리는 무엇인가?'에 대한 근본적 답을 얻기에는 물리적인 한계가 있었다.

그때부터 '어떻게 하면 비즈니스 성과를 내는 원리에 대한 근본적인 답을 얻을 수 있을까?' 고민하는 동시에 학생이라는 바운더리에서 학습할 수 있는 한계를 극복하기 위해 대한민국에서 최고의 성과를 낸 경영의 고수들을 직접 발로 뛰며 만나 인터뷰하기 시작했다. 이제 떠오르는 기업부터 한 시대를 주름잡았던 기업까지 수많은 경영자들을 만나 성과를 내는 원리를 묻고 또 물었다. 이 과정에서 학생으로서는 어디에서도 들을 수 없었던 경영의 원리들을 배울 수 있었다.

이에 그치지 않고 그 수많은 가르침 중, 금보다 귀하다고 생각했던 '경영자 19분의 지혜'를 '경영자가 기업을 통해 성과를 내는 과정'에 따라 분류하고 메시지를 정리해나가기 시작했다. 이를 통해 나는 '위대한 경영자는 어떻게 성과를 내는가?', '비즈니스 성과를 내는 원리는 무엇인가?'에 대한 학창 시절 나의 호기심을 해소할 수 있었다.

경영 고수들의 이야기를 인터뷰해 보며 느낀 것은 여기에는 아직 세상에 드러나지 않은 귀한 스토리도 있었고, 무엇보다 그분들의 메시지가 성과가 없어 고민하는 경영자, 나아가 한계를 뛰어넘는 경영자를 꿈꾸는 이들에게 꼭 필요하겠다는 생각이 들었다.

나는 성과의 실마리를 독서에서 찾을 수 있다고 생각했기 때문에 성과를 내길 간절히 원하는 예비 경영자들을 위해서 이제는 책을 읽기만 하는 것이 아닌 책을 써보자고 마음먹게 되었고, 그것은 이 책을 기획하게 된 결정적인 이유가 됐다. 현장에서 잔뼈가 굵으신 최고경영자 19분의 실전 지혜가 녹아있는 『19금 경영스쿨』을 통해, 경영자를 꿈꾸는 이들이 성과를 내는 원리를 체화하고 기업을 살리는 경영자가 되어 대한민국을 최고의 경제 강국으로 만드는 데 일조할 수 있기를 소망한다.

끝으로 이 책의 인터뷰에 응해주신 대표님들께 모든 영광을 돌리며, 인생의 멘토가 되어주신 조서환 회장님과 성과를 내는 원리에 대해 조언을 아끼지 않아 주신 이기왕 박사님, 정신적인 멘토 박세니 대표님, 글쓰기 코칭으로 많은 도움을 주셨던 이은대 작가님, 본서에 애정을 가지고 출간을 도와주신 푸른영토의 김왕기 대표님, 원고를 꼼꼼히 읽어주시고 분에 넘치는 책의 추천사를 적어 보내주신 현진권 교수님, 이승철 박사님, 김도영 박사님, 오지현 회장님, 이승한 회장님, 함께 이 책을 집필해주신 공동 저자 장동진 대표님께 깊이 감사드린다. 그리고 사랑하는 가족과 본서에 대한 유익한 의견을 주고 응원해 준 친구들에게도 고마움을 전한다.

자신의 재능才能이나 명성名聲을 드러내지 않고 참고 기다린다.

—도광양회韜光養晦

장동진

대한민국의 20대에게 "꿈이 무엇인가?"라는 질문을 던져 보자. 대부분이 "꿈이 없다"라고 대답하거나 머뭇거리는 것이 현실이다. 꿈을 꿔야 꿈을 이룰 수 있는데도 말이다. 그런 면에서 일찌감치 꿈과 목표를 설정해놓은 나로서는 굉장한 행운아라고 할 수 있겠다. 사실 대학 생활 중 '특별한 경험'을 하기 전까지는 나도 꿈을 찾으러 다니던 평범한 대학생에 불과했다.

나는 어릴 적부터 많은 이들에게 "대기업을 경영하는 사장님이 될 거야!"라고 큰소리를 치고 다녔다. 사업을 하시는 아버지와 외가 친척들로부터 받은 영향도 있었고 리더십 있게 많은 사람을 이끄는 일을 좋아했기 때문이다. 하지만 구체적인 계획이 없었기 때문에 정말 단순히 '큰 소리'에 불과했다.

대학교에 진학한 후 그 큰 소리를 실현하기 위해서는 구체적인 진로 계획이 필요함을 느끼게 되었다. 그래서 동아리 활동은 물론 다양한 대외활동을 통해 경험을 쌓기로 결심했다. 그 무렵 몇 년간은 접해보지도 못했던 '스타트업start-up'이라는 용어가 어느샌가 일상 생활에 스며들어왔다. '제2의 벤처 붐'이라고도 하듯 스타트업이라는 단어를 모르는 사람을 찾아보는 게 더 힘들 정도이다. 하지만 초등학생 때부터 뭣도 모르고 사장님이 되겠다던 나에게는 그 단어가 더욱 특별하게 다가왔다.

그렇게 스타트업에 관심을 갖게 될 무렵, 판교의 '투썬캠퍼스'라는 스타트업 창업 교육 기관에서 '스타트업 만들기'라는 이름으로 여름 계절학기 수업이 개설되었다. 투썬캠퍼스는 2000년대 초반 영세한 규모였던 '액토즈소프트'를 인수한 후 4년 만에 1,000억 원대로 엑싯을 하여 벤처 업계의 전설로 통하는 투썬월드 이종현 의장님께서 후학 양성을 위해 설립하신 기관이다.

나는 이 기관에서의 교육을 통해 태어나서 처음으로 하나의 '비즈니스 아이디어'가 기업이 되고, 그 기업이 운영되기까지의 과정을 간접적으로 경험할 수 있었다. 또한 처음으로 스타트업 생태계에 대해서 알게 되었고 무엇보다도 이종현 의장님이라는 인생의 롤모델을 만나게 된 계기가 되었다.

롤모델이 있고 없고는 인생에 큰 영향을 미친다. 그 시기부터 나의 꿈은 의장님처럼 벤처 기업가로 성공하는 것이었고 그 후로 창업 공부에 더 열중하게 되었다. 하지만 공부만으로는 부족하다고 느꼈다. 실제로 나의 아이디어와 능력을 실험해 보고 싶었다. 그래서 나와 비슷한 생각을 하는 친구들이 많이 모여 있는 집단이 필요했고 교내에 대한민국에서 알아주는 '인사이더스'라는 창업 학회가 있다는 것을 듣고 조사를 했다.

그런데 웬걸, 실생활에서 자주 접하던 브랜드나 서비스가 그 학회를 졸업한 선배들의 손에서 탄생한 것이었다. 이에 한 치의 망설임도 없이 지원하게 되었다. 정말 합격이 너무나 간절해서 열심히 준비한 끝에 결국 합격을 했다. 그렇게 스타트업 세계에 첫발을 디디게 된 것이다.

학회는 첫 프로그램부터 나의 꿈을 더 확고하게 만들었다. 첫 프로그램은 스타트업을 운영하시는 학회 선배님들이 프로젝트를 내주고 그 프로젝트를 수행하여 선배 기업을 직접 방문하는 것이었다. '샐러디', '111%', '라이너' 등 이름만 들으면 알만한 기업들이 있었지만, 평소 플랫폼 비즈니스에 관심이 많았기에 '외국인 대상 주거 임대 플랫폼'을 운영 중인 '스테이즈'를 선택하게 되었다.

위워크에 있는 스테이즈 사무실에 방문했을 때 먼저 시설과 직원 수에 놀랐다. 그뿐만 아니라 그렇게 많은 직원을 이끌고 있는 이병현 선배와 장아영 선배를 보고 더욱 놀랐다. 이렇게 젊은 분들이 밑바닥부터 시작해서 이 정도의 규모로 회사를 키위 내는 게 가능하다는 것을 두 눈으로 똑똑히 본 것이다. 그리고 그날, '무에서 유를 창조하는 것', '고객에게 새로운 가치를 제공하는 것'이 얼마나 큰 즐거움인지를 깨닫게 되었다.

그날부터 나의 꿈은 더욱 확고해졌고 실제로 마음이 맞는 학회원들과 함께 실전 창업에 도전하게 되었다. 안타깝게 론칭까지는 이어지지 못했지만, 다수의 공모전에서 우수한 성적을 거둬 사무실 입주와 함께 액셀러레이팅도 받아보고 정부 지원으로 중국 심천에서 IR 피칭을 해보는 좋은 경험도 할 수 있었다. 나의 첫 스타트업 도전은 그렇게 마무리되었지만, 그 꿈은 여전히 현재 진행형이다.

물론 첫 도전에서 아쉽게 성공을 하지는 못했다. 하지만 벤처 기업가로 성공하겠다는 꿈을 구체화시킨 계기가 되었다. 그 이후로 닥치는 대로 창업/스타트업 관련 서적을 찾아봤으며 좋은 조언과 인사이트를 얻기 위해 업계에서 유명한 분이라면 누구든지 이메일을 찾아서 연락을 드리고 찾아뵈었다. 젊은이의 당돌함에 유명하고 바쁘신 분들이지만 흔쾌히 시간을 내어주셨다.

그분들은 실무에서 효과를 본 법칙이나 시장에서 대박을 터트린 제품의 출시 과정 등 많은 스토리를 들려주셨다. 물론 이 모두는 회사 외부에서는 접하기 힘든 스토리들이었다. 또한 사회에 나와 있는 스토리는 극히 일부였음을 깨달았다. 이 주옥 같은 스토리들은 나만 알고 있기에는 너무나 아까운 것들이었고 사회적으로도 큰 손해라는 생각을 하고 있었다. 그것이 이 책 『19금 경영스쿨』를 집필하게 된 계기가 되었다.

요즘 "될 놈은 된다"라는 말이 유행이다. 내가 그 '될 놈'인지는 모르겠지만 정말 운이 좋게도 우연히 나와 비슷한 경험을 해온 친구를 만났다. 그 친구와 함께 서로 앞으로의 비전을 공유하면서 별 고민 없이 함께 프로젝트를 진행할 수 있었다.

나에게 이 프로젝트는 꿈을 향해 나아가는 첫걸음이다. 이 첫걸음을 내디딜 수 있게 흔쾌히 인터뷰를 허락해 주시고 숨겨져 있던 스토리와 통찰력을 나눠주신 모든 대표님, 선배님들께 감사의 인사를 전하고 싶다. 그리고 옆에서 묵묵히 응원해 준 우리 가족과 모든 지인분께도 고마움을 전한다.

차례

PART 1 비즈니스 기반 다지기

PART 1

비즈니스
기반 다지기

제1金

스타트업에서
살아남기

송광준
빅픽처인터렉티브 대표이사

송광준 대표이사는 게임이 잘하고 싶은 사람들에게 전문적으로 게임 교육 서비스를 진행하는 게임 교육 기업 '게임코치'의 창업자이다. 창업 이후 약 300억 원의 투자를 유치하여 지속해서 사업을 확장해 나가고 있고, 약 1조 원이 넘는 E-Spots 시장에서 국내 최초 게임 교육 기업으로 업계 1위를 달리고 있다.

초창기의 '게임코치'는 웹상에서 동영상으로 강의를 진행하는 온라인 강의에 주력하였지만, 최근에는 오프라인 학원 시장으로 사업을 확장하고 있다. 게임코치의 오프라인 학원 브랜드인 '게임코치 아카데미'는 최근 많은 프로게이머를 배출시켜 업계의 주목을 받고 있으며, 전 세계 유수 E-스포츠 구단들의 전지훈련 장소로 주목을 받고 있다.

이에 그치지 않고 모회사로 '㈜빅픽처인터렉티브'를 설립함으로써 기존의 게임 교육 사업을 비롯하여 게임 영상 콘텐츠 제작, E-스포츠 구단 운영 등 E-스포츠와 관련된 모든 비즈니스를 다루는 종합 E-스포츠 기업으로 성장하고 있다.

스타트업의 사전적인 정의는 '설립한 지 오래되지 않은 신생 벤처 기업'으로 미국 실리콘밸리에서 처음 사용된 말이다. 그렇다면 벤처 기업이란 어떻게 정의를 내릴 수 있을까? 바로 '첨단의 기술과 아이디어를 개발하여 사업에 도전하는 기술집약형 중소기업'을 말한다. 그런데 사실 업계에서는 이 두 단어의 뚜렷한 구분을 두지 않고 있다. 그래도 굳이 스타트업의 정의를 내려보자면 치킨 장사와 비교해서 설명하는 게 좋겠다.

치킨 장사와 스타트업을 비교해 봤을 때의 큰 차이점은 사업이 성장하는 속도와 높은 성장 가능성 두 가지로 나눌 수 있다. 물론 치킨 장사도 매출이 많이 늘어나는 시기가 생길 수 있지만, 그 폭은 스타트업이 성장하는 폭과 비교를 할 수가 없을 정도이다. 미국의 승차 공유 서비스 스타트업인 '우버'의 기업 가치가 2009년 창립 10년 만에 1,200억 달러약 136조 원 규모로 성장한 것을 보면 그 의미를 잘 이해할 수 있을 것이다.

또한, 치킨 장사는 투입할 수 있는 자원과 장사를 하는 장소에 대한 제약이 있으므로 성장을 하는 데 있어서 한계점에 부딪힐 수밖에 없다. 하지만 스타트업은 자원이나 장소에 뚜렷한 제약이 없기 때문에 앞서 언급한 우버처럼 기업 가치가 1조 원이 넘는 스타트업을 뜻하는 '유니콘 기업'이 세계 곳곳에서

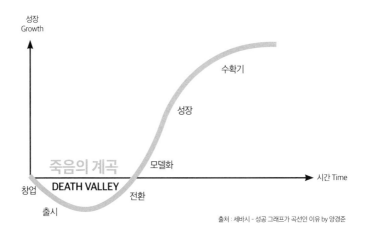

성장
Growth

수확기

성장

모델화

죽음의 계곡
DEATH VALLEY

창업

출시

전환

시간 Time

나타날 수 있는 것이다.

더 나아가서는 여러 스타트업들의 성장하는 모습에서 공통점을 찾아볼 수가 있다. 바로 J커브J자 형의 곡선 형태로 기업의 규모가 커진다는 것이다. 원래 J커브는 경제학에서 무역수지와의 관계를 나타낼 때 사용하는 것이지만, 스타트업에서는 이렇게 조금 다른 의미로 사용되고 있다.

스타트업의 성장 곡선이 J자 형태로 나타나는 이유는 창업하고 첫 이익이 발생하여 BEP손익분기점을 만나기까지 성장은 하지 못하고 죽음의 계곡이라고 불리는 힘든 시기를 거치기 때문이다. 주위에 눈에 보이는 많은 스타트업들이 무너지는 시기가 바로 이 죽음의 계곡이다. 하지만 이 죽음의 계곡을 무사히 넘기고 나서는 폭발적으로 성장하는 모습을 보이게 된다.

결론적으로 스타트업을 정리해 보면 성장하는 속도가 매우 빨라야 함과 동시에 높은 성장 잠재력을 가지고 있어야 하며, J커브의 형태로 성장하는 회사라고 말할 수 있겠다.

J커브의 죽음의 계곡을 넘어서 성장하고 성공하는 스타트업은 무엇이 다른가?

성장하는 스타트업은 스타트업 기업의 '목적'이 건설적이고 분명하다는 특징이 있다. 스타트업은 높은 성장 잠재력을 가지고 있지만, 목적이 분명하지 않으면 결코 스타트업의 잠재력을 깨울 수 없기 때문이다.

나 같은 경우는 어릴 적부터 게임을 좋아했고 항상 더 잘하고 싶은 마음이 있었다. 그렇기 때문에 "어떻게 하면 게임 실력이 늘 수 있을까?", "학원에서 영어를 배워 영어 실력이 늘듯이 게임도 학원에서 배워서 실력이 늘 수는 없을까?"라는 질문을 자연스럽게 하게 됐다. 그래서 게임 교육을 통해 게이머를 행복하게 해주겠다는 목적 하나로 조그마한 사무실에서 '게임코치'라는 회사로 스타트업을 시작하게 되었다.

스타트업이 자리 잡은 이후에는 게이머를 행복하게 해주겠다는 더 본질적인 목적에 포커싱하여 게임 교육뿐만 아니라 게임 리그, 게임 플랫폼, 미디어 콘텐츠 사업을 하게 되고, 이를 위해 모회사로 '빅픽처인터렉티브'를 만들게 되었다.

분명한 목적은 기업의 사명과 비전, 철학과 연결될 뿐만 아니라 직원들이 일 속에서 의미를 찾게 하고 기꺼이 공동의 이익을 위해 노력할 수 있게 한다는 측면에서, 궁극적으로 스타트업을 성장을 이끌어낸다고 할 수 있다.

성공하는 스타트업은 무엇보다 그들만의 '킬러 콘텐츠' 개발에 집중한다. 이 킬러 콘텐츠가 확실하다면 물론 레드오션에서도 성공할 것이고 블루오션에서는 무조건 대박이 날 것이다. 그래서 자신이 가장 좋아하고 잘 아는 것을 킬러 콘텐츠로 개발하는 데에 집중할 것을 권한다. 그러한 부분에서 가장 먼저 게임 교육을 시작한 빅픽처인터렉티브는 온라인 강의 플랫폼 및 오프라인 학원을 설립하고 게임 교육 콘텐츠 개발에 집중한 결과, 이제는 해외의 유명 E-스포츠 구단들이 오프라인 학원으로 전지훈련을 오는 명소가 되었다. 이러한 것들은 자연스럽게 미디어와 연결되고 우리 회사가 지속해서 미디어에 노출될 수 있도록 한다.

이뿐만 아니라 회사의 이름을 내걸고 다양한 게임 대회나 이벤트를 주최하기도 하고 유튜브 채널을 운영하는 등 다방면으로 킬러 콘텐츠를 확장해 나가려고 노력을 하고 있다. 이처럼 분명한 목적으로 무장한 직원들과 킬러 콘텐츠의 개발은 스타트업 회사가 J커브의 죽음의 계곡을 넘어설 수 있도록 하는 코어 모티브라고 할 수 있다.

Fist Mover로서 'E-Spots 교육'이라는 새로운 시장을 만들었다. 송광준 대표가 First Mover로서 취한 전략은 어떤 것인가?

'E-Sports 교육 시장'이라는 새로운 시장을 선점했기 때문에 처음에는 경쟁자가 아무도 없었다. 아무도 없는 땅에 나 홀로 깃발을 꽂은 것이다. 그래서 우선 회사 내부를 탄탄히 하자는 마인드로 직원들이 만족할 수 있는 여러 제도를 만들었다.

빅픽처는 아무래도 게임과 관련된 사업이기 때문에 유니크한 답을 낼 수 있는 창의적이고 능동적인 사람을 요구한다. 능동적인 인재들을 잘 뽑아 놓았다면, 그 인재들은 능동적으로 일을 할 것이므로 출퇴근 개념이 필요가 없어진다. 그래서 우리 회사는 자율 출퇴근제를 적용하고 있다. 모든 업무가 능동적으로 이루어지다 보면 자연스럽게 새벽까지 미팅이 이루어질 수 있는데 자율 출퇴근제에 의해서 자율적으로 출근 시간 조정이 가능하기 때문에 아침에 일찍 출근하지 않아도 된다. 그래서 깨끗한 정신에 효율적으로 일을 할 수 있는 것이다.

이러한 순기능이 있지만, 능동적으로 일하지 않는 직원들 때문에 자율 출퇴근제를 시행하는 과정에서 마음의 상처만 받고 이 제도를 더는 지속하지 않는 대표님들도 많이 봤다. 그래서 우리 회사에서는 정말 능동적으로 일하는 프로들을 뽑으려고 노력한다. 또한, 우리 회사에서는 모든 직원이 어떠한 게임을 하든 게임 아이템을 구매할 때 법인 카드로 지원을 해주고 있다. 이러한 제도도 직원들이 다양한 게임을 경험하고 유니크한 답을 찾아내는 데 필요한 것이다.

결국, 나 홀로 시장에 있는 First Mover였기에 처음 취한 전략은 자율 출퇴근제나 전 직원 게임 아이템 법인 카드 결제와 같이 내부를 탄탄하게 해주는 제도들을 다져나간 것이라 할 수 있다. 이를 통해 회사 직원들의 만족도가 매우 높아졌고 좋은 성과들로 이어지고 있다고 생각한다.

시간이 흐르면서 이제는 새로운 경쟁자들이 뒤늦게 같은 시장에 진출하고 있다. 그러나 First Mover를 따라 경쟁자들이 뛰어든다는 것은 굉장히 좋은 신호이다. 시장의 라이프 사이클에 따르면 게임 교육 시장은 아직도 성장 중인 시기이다. 경영학을 조금만 공부한 사람이라면 알 수 있겠지만 라이프 사이클의 단계에 따라서 마켓 리더의 전략이 달라진다.

현재는 마켓 리더로서 경쟁자들이 새로운 시장에 들어오면 이들과 경쟁을 하기보다는 함께 산업 전체를 키우는 'Stimulate category demand' 전략을 취해야 한다. 다시 말해서 이럴 때는 경쟁에 집중하기보다는 원래 하던 것을 그대로 열심히 하고 경쟁자들이 시장에 새롭게 들어와서 그들이 공격적인 마케팅을 통해 게임 교육 사업을 더 많은 소비자에게 노출하는 것을 지켜보는 것이 좋다.

이에 따라 많은 사람이 게임을 배우는 것을 당연하게 여기게 되고 이는 자연스럽게 게임 교육 시장의 성장으로 이어지게 되는 것이다. 그 결과로 마켓 리더의 입장에서 시장 점유율의 변화는 없지만, 경쟁자들에 의해 시장의 규모가 더욱 커졌기 때문에 기업의 성장으로 이어지게 된다. 쉽게 말해서 우리 회사의 시장 점유율은 그대로 유지해도 시장 자체가 커지면 매출이 더욱 늘어난다는 것으로 성장 중인 시장에서 마켓 리더가 취할 수 있는 효과적인 전략이라고 할 수 있다.

하지만 선두 주자라고 마냥 시장을 지켜보는 것은 아니다. 선두 주자는 업계의 룰을 만들고 표준을 제시해 나가야 한다. 사업 초반에는 게임을 가르치는 것에만 집중했지만 이제는 선수들의 해외 진출을 고려하여 영어도 가르치기 시작했다. 또한, 게이머들의 체력을 위하여 신체적 트레이닝도 시작했다. 건강한 정신은 건강한 신체에서 나오기 때문이다.

이렇게 선두 주자로서 옳은 기준들을 만들어나가야 다른 후발 주자들이 좋은 기준을 따르고 우리는 선두 주자의 지위를 유지할 수 있다.

스타트업에 도전하고자 하는 예비 CEO에게 해주고 싶은 조언은 무엇인가?

세계적으로 정체되어가고 있는 경제 성장에 세계 각국의 스타트업이 새로운 성장 동력으로 부상하고 있다. 그뿐만 아니라 실리콘밸리와 같은 스타트업 클러스터들이 전 세계로 확산 중이며, 각 지역에 특화된 핵심 경쟁력에 기반하여 제2의 실리콘밸리로 성장하고 있다. 전통적으로 금융의 중심지 역할을 하면서 금융에 특화된 지역의 장점을 기반으로 핀테크에 강점을 둔 뉴욕이나 런던, 정부의 적극적인 지원과 국내외에서 유입되는 풍부한 자금을 기반으로 제조업에 특화된 중국의 선전 등 세계적으로 스타트업 인프라가 급속도로 확장되고 있는 모습이다.

한국의 경우에도 판교를 중심으로 거대한 스타트업 클러스터를 형성하고 있으며 넥슨이나 NC소프트와 같은 게임 회사의 본사도 있어 한국의 실리콘밸리로서 역할을 톡톡히 하고 있다. 앞으로도 이 거점 지역들을 기반으로 한 스타트업 열풍은 지속될 것으로 보인다. 그렇기에 점점 더 스타트업하기 좋은 환경으로 사회가 변화될 것으로 매우 기대하고 있다. 이러한 기류에 맞춰서 '성장하는 시장'에서 '성공할 수 있는 아이템'을 잘 선정한다면 회사를 폭발적으로 성장시킬 수 있을 것이다.

다시 말해, 성장하는 시장을 찾고 좋은 사업 아이템을 선정하는 것이 매우 중요한 것인데, 이를 위해 여행을 통해 전 세계의 스타트업 거점 지역들도 가보고, 다른 나라의 미래 먹거리는 무엇인지도 관찰해 보면서 시야를 넓히는 것을 조언하고 싶다. 막상 사업을 시작하거나 더 나아가서 결혼하면 더더욱 외국으로 나가는 것이 어려워지기 때문이다.

여행을 많이 다녀서 글로벌 역량을 키운다면 그렇지 않은 사람보다 더 쉽게 자리를 잡을 수 있을 것이다.

진정한 발견을 하는 항해는
새로운 땅을 찾는 것이 아니라
새로운 눈을 갖는 것이다.

마르셀 프루스트, 프랑스 소설가

제2金

제4차
산업 혁명과
창조경영의
비밀

이금룡
前 옥션 대표이사

이금룡 회장은 인터넷 사업 분야에서 살아있는 전설로 통한다. 그는 삼성물산 시절 대형 유통사 '홈플러스'와, 인터넷 쇼핑몰 '삼성몰'을 만드는 데 주도적 역할을 하였으며, 1999년 경매를 통한 새로운 온라인 마켓인 '옥션'을 창업하였다. 이후 옥션을 코스닥에 상장시키고 3,000억에 이베이에 매각하면서 가장 성공한 인터넷 사업가 중 한 명이 되었다.

그는 성균관대학교 법률학과를 졸업하여 광운대학교에서 경제학 박사 학위를 취득했다. 주요 이력으로는 삼성물산 공채 17기로 입사한 후 삼성그룹 비서실 차장, 삼성물산 유통부문 마케팅 이사, 삼성물산 인터넷 사업부장 이사, ㈜옥션 대표이사를 역임했다.

한국인터넷기업협회 초대 회장을 지낸 후, 2003년 인터넷 결제 회사 '이니시스' 대표이사, 2005년 한글도메인 '넷피아' 대표이사로 활동하였다. 현재는 한민족 인터넷 네트워크 '코글로닷컴' 회장, 동국대 MBA 및 서강대 기술경영 전문대학원에서 겸임 교수로 있다. 저서로『고수는 확신으로 승부한다』등이 있으며 '벤처경영인 대상', '메세나인상', '문화관광부 장관상' 등을 수상했다.

국내 최초의 인터넷 경매 전문 사이트인 '옥션'을 창업하게 된 이유와 배경은 무엇인가?

옥선을 창업할 당시 인터넷이 가져왔던 가장 큰 변화는 사이버 공간이다. 옥선을 창업하기 전까지는 백화점이나 할인점과 같은 현실 공간만 존재했다. 사실 현재도 다를 바 없지만, 백화점은 완전히 자리만 임대하는 공간 임대업에 가까웠다. 그렇기에 단가를 높게 잡아 가격이 비쌀 수밖에 없는 구조였다.

그래서 옥선을 창업하기에 앞서 먼저 만든 것이 홈플러스였다. 홈플러스는 판매할 물건들을 직접 발주해서 매입하고 그 물건들을 직접 팔아 중간 내용을 많이 줄여 가격이 싼 구조였다. 혁신적인 시스템으로 좋은 호응을 얻기는 했지만, IMF 때문에 영국의 테스코로 넘어가게 되었다. 하지만 홈플러스를 만들고 운영하면서 항상 머릿속으로 갖고 있던 생각이 선반은 너무 한정적이라는 것이었다. 선반이 한정되어 있기에 물건을 진열하는 것이 한정적일 수밖에 없었다. 새로운 좋은 물건이 계속 생겨나도 한정적인 선반 때문에 새로운 물건을 진열하지 못하는 것은 매우 큰 문제였다.

그 와중에 인터넷이 생기고 무한한 사이버 공간이 생기게 되었다. 그리고 이를 통해 평소에 갖고 있던 홈플러스의 문제점을 해결할 수 있게 된 것이다. 그렇게 만든 것이 삼성몰이다. 항상 '어떻게 하면 고객들에게 더 큰 가치를 제공할 수 있을까?'

를 고민했고 결국 홈플러스와 삼성몰에서 얻은 경험들을 활용하여 ㈜옥션을 창업하게 되었다.

그 당시 온라인 마켓의 선두 기업은 인터파크였다. 인터파크는 선두 기업이었기 때문에 다른 경쟁 업체들과의 가격 경쟁에서 우위에 있을 수 있었다. 인터파크가 가격을 내리면 다른 업체들도 가격을 따라서 내려야 하는데 가격을 내리기 위해서는 메이커 업체의 허락을 받아야 하는 구조였다. 그래서 인터파크와의 경쟁이 매우 어려웠다. 물론 온라인에 다양한 제품을 많이 올려서 판매할 수 있는 것은 엄청난 장점이었지만 가격 경쟁은 쉽지 않았다. 그래서 생각해낸 것이 경매 방식의 옥션이었다. 판매자가 처음 가격을 책정하고 소비자들이 경매를 통해 구매 가격을 결정하면 중간에서 수수료만 얻어먹는 플랫폼 형식이 탄생한 것이다. 이는 내가 점포가 없어도 최저 가격을 직접 책정하여 내가 원하는 물건을 올리는 방식으로 대한민국 유통의 하나의 큰 흐름으로 남게 되었다.

옥션 창업 당시 인터넷 중심이었던 제3차 산업 혁명과 현재 AI, 빅데이터 등이 중심이 된 제4차 산업 혁명의 차이점은 무엇인가?

제3차 산업 혁명에서 생긴 가장 큰 변화는 인터넷을 통해 생겨난 사이버 공간이었고, 이 사이버 공간을 활용한 비즈니스들이 시장을 점령하게 된 것이다. 제4차 산업 혁명에서는 어떤 차이가 있을까? 물론 기술력이 점점 중요해지는 것이 사실이다. 하지만 더욱 집중해야 하는 것이 고객이다.

온라인 서점으로 시작해 현재는 세계에서 가장 큰 IT 업체인 아마존Amazon을 방문했을 때의 일이다. 당시 아마존의 랜디 코바 이사에게 창업주 제프 베조스가 어떤 사람인지 질문을 던졌다. 그랬더니 돌아온 답변은 "이 세상에서 고객을 가장 잘 아는 사람"이었다. 결국, 아마존이라는 기업의 모든 초점은 고객인 것이었다. 과연, 제프 베조스가 아마존 고Amazon Go를 어떻게 만들었을까? 그것도 물론 고객의 관점을 반영한 것이다. 제프 베조스의 생각은 이런 것이다.

"우리가 파는 물건을 돈 주고 사겠다는 사람을 도대체 왜 기다리게 만드느냐? 나한테 돈 벌게 해주는 고마운 사람들인데 어떻게 이 사람들을 기다리게 하는가?"

즉, 아마존의 기술력 때문에 혁신의 대명사인 아마존 고 Amazon Go가 나온 게 아니라 고객의 관점에서 어떻게 고객을 더 편하게 만들지 고민한 결과라고 할 수 있다. 제프 베조스와 아마존은 이 세상에서 고객을 가장 잘 알기 때문에 성공할 수 있었다.

결국 AI, IoT, 빅데이터 등 많은 기술이 생겨나고 있지만

4차 산업 혁명에서의 초점은 고객이고, 이 기술들을 통해 어떻게 고객들에게 더 큰 가치를 제공할 수 있을지 고민을 하는 기업이 다른 기업들보다 앞서나갈 수 있다는 것이다.

이금룡 대표가 생각하는 창조경영의 원칙은 무엇인가?

창조경영을 위해서 기업들은 개념 설계Conceptual design라는 것을 잘 알아야 한다. 먼저 우리가 나무를 바라본다고 생각해 보자. 무엇을 상상한다고 할 때, 이 나무를 바라보고 머릿속에 그 나무를 그대로 생각하는 것은 상상이 아니다. 하지만 나무를 보고 부모님을 생각하면 그것이 상상인 것이다. 개념 설계도 이와 비슷한 맥락이다. 이는 똑같은 개념을 봐도 다르게 설계하는 것을 말한다.

예를 들어 스타벅스가 고객들을 조사해 보니 커피를 파는 카페임에도 불구하고 커피를 마시러 오는 사람은 30%에 불과했고, 무려 70%가 공간을 소비하러 오는 사람들이었다. 그래서 스타벅스는 자사 커피숍을 커피를 파는 카페라고 생각하지 않고 공간을 소비하는 장소로 개념을 규정했다. 이에 따라 인테리어 구조를 장시간 앉아 있어도 편하게, 공부하기도 편하게 설계를 바꾼 것이다. 물론 스마트폰 와이파이는 필수였다.

커피를 마시러 온 사람들에게 와이파이가 뭐가 필요할

까? 고객들은 카페를 공간을 소비하러 방문하는 것이기 때문에 필요한 것이다. 결국, 스타벅스는 자사 매장을 커피를 파는 카페가 아닌 공간을 소비하는 장소로 규정했기에 그 어떤 커피숍 브랜드보다 성공할 수 있었다. 이렇듯 어떠한 개념을 어떻게 새롭게 설계하느냐가 창조경영에서 가장 중요한 것이다.

옛날에 우리가 자연농원이라고 부르던 장소가 있다. 그것이 현재 우리가 알고 있는 에버랜드의 전신이다. 때는 1994년도였다. 삼성그룹 내에 허태학이라는 분이 혜성처럼 등장해서 이 자연농원은 농원이 아니라 테마파크라고 새롭게 규정을 하게 된다. 이에 따라 직원들도 용모를 더욱 단정하게 하고 장소의 이름도 에버랜드로 바꾸게 된다. 또한, 테마파크로 규정을 하게 됐으니 자연스럽게 놀이 기구와 캐리비안 베이 같은 워터파크가 만들어졌다. 그동안의 사장들은 농원이라고 생각했고 새로운 인물이 이를 테마파크로 새롭게 규정했을 뿐인데 어마어마한 부가가치가 생겨난 것이다. 이러한 것을 개념 설계라고 한다. 개념 설계를 한 다음에 저절로 기업의 모든 행동이 달라지고, 이 달라짐에서 나온 형태를 차별화Differentiation라고 한다. 차별화의 원천은 개념이다. 그래서 스티브 잡스가 늘 외치던 말이 "think different"인 것이다.

"좋게 만들려고 하지 말고 다르게 만들어라."

그렇게 탄생한 것이 아이폰이다. 아이폰이 출시되기 전까지는 노키아가 부동의 1위 업체였다. 하지만 노키아는 핸드폰을 통신 장치로 규정했고 스티브 잡스는 이를 컴퓨터로 규정한 것이다. 결국, 컴퓨터로 규정하게 되었으니 이에 따라 소프트웨어가 필요해서 IOS를 개발하고 앱스토어도 생겨난 것이다.

이러한 것들이 앞서 언급한 새로운 개념 정의로부터 나타난 차별화라고 할 수 있는 것이다. 결국, 이러한 차별점들 때문에 애플이 노키아를 뛰어넘어 세계 최고의 글로벌 기업이 될 수 있는 것이었다. 더 나아가 이 차별화가 지속되면 기업의 정체성Identity이 된다. 지금까지 말한 것을 정리해 보면 개념 설계를 통해 특정한 개념을 새롭게 정의하면서 자연스럽게 차별화가 나타난다. 그리고 이것이 정착되면 기업의 정체성이 되는 것이다.

그동안 대한민국의 기업들은 개념 설계와는 매우 거리가 멀었다. 오랜 세월 동안 Fast follower 전략[1]을 취하면서 세계 1등 기업들을 따라가고자 열심히 노력했고 그 가운데 적지 않은 성과를 거둬왔다. 하지만 이제는 기업의 뚜렷한 정체성 없이는 살아남기 힘든 시대가 되었다. 결국, 한국 기업들도 First mover[2]가 되어야 한다. 즉, 개념 설계를 통해 타사와의 차별화를 확실히 하고 자신들만의 정체성을 정립해야 할 시기가 온 것이다.

---

[1] Fast follower : 새로운 제품, 기술을 빠르게 쫓아가는 전략.
[2] First mover : 새로운 분야를 개척하는 선도자.

기업을 경영하며 겪었던 어려움과 이를 극복했던 창조경영의 지혜가 궁금하다.

옥션을 창업할 당시만 해도 카드 번호를 인터넷에 입력시킨다는 것은 있을 수가 없는 시절이었다. 특히 나이가 많으신 노인분들의 이용률은 0%에 가까웠다. 이러한 소비자들에게 신뢰를 심어주는 것은 매우 어려웠다. 그리고 이 소비자들을 힘들게 설득시켜 옥션을 사용하게 만들었다고 해도 물건을 판매하는 판매자는 돈부터 받기를 원했고, 이와는 반대로 구매자는 물건부터 받기를 원했기 때문에 거래가 이루어지는데 굉장히 오랜 시간이 걸렸다. 그런데 이러한 문제점들을 가만히 살펴보니 모두가 신뢰의 문제로 결부되는 것이었다. 여기서 창조경영이 빛을 발했다. 창조경영의 핵심은 도저히 풀리지 않는 문제를 새로운 시각으로 보는 것인데 이 신뢰의 문제를 해결하기 위해서 에스크로Escrow 시스템을 개발하게 되었다.

이 에스크로 시스템은 구매자가 돈을 입금하면 먼저 옥션이 잠시 그 돈을 보관하고 판매자에게는 "우리가 돈을 잘 받았으니 걱정하지 말고 물건을 배송하시오"라고 알린다. 그 후 물건이 배송되었음을 확인하여 옥션이 보관하고 있던 구매자의 돈을 판매자에게 전송하는 식의 시스템이다. 구매자는 안전하게 물건을 받을 수 있고 판매자는 문제없이 돈을 받을 수 있기 때문에 이 시스템을 통해 신뢰의 문제가 해결된 것이다.

이후에 평가Rating 시스템을 도입해서 소비자들이 판매자에 대한 점수를 매겨 거래의 신뢰를 더욱 높게 만들었고, 점점 소비자나 판매자들이 옥션을 신뢰하기 시작하면서 옥션이 한국의 대표 온라인 마켓플레이스로 성장할 수 있었다. 이후에 생겨난 짝퉁 물건, 음란물 등 다른 문제들은 앞서 말한 신뢰의 문제에 비하면 해결하기가 비교적 간단한 문제였다. 결국, 창조경영을 통해 '신뢰'라는 가장 어려운 문제를 에스크로 시스템으로 극복했다고 할 수 있다.

창조경영을 하고자 하는 예비 CEO에게 해주고 싶은 조언은 무엇인가?

창조경영을 잘하는 경영자는 기업의 입장으로 볼 때 가장 고마울 수밖에 없다. 도저히 풀리지 않을 것 같은 문제를 새로운 시각으로 바라봐서 해결해 주기 때문이다. 창조경영을 잘하려면 한 사물을 봐도 새로운 개념으로 그 사물을 보려고 노력하고 새롭게 해석하려고 노력해야 한다. 그리고 그 노력은 직접 현장에서 학습을 통해 발로 뛰며 많은 경험을 쌓고 새로운 것을 축적하는 과정을 통해 얻어진다. 그러한 노력은 결국 새로운 형태의 비즈니스와 새로운 시장을 여는 키가 되어 줄 것이다.

제3金

성공하는
벤처케피탈
투자 유치
프로세스

손창우
연세대 경영학과 연구 교수

손창우 교수는 삼성전자 마케팅팀에서 커리어를 시작하여 미국계 IT 회사 SAS 영업 대표를 거쳐 2010년 SBI인베스트먼트에 입사한 이후 10년간 벤처캐피털Venture Capital(VC)과 사모펀드 회사에서 활발한 투자 활동을 하였다. VC와 PE, LP와 GP, Project fund와 Blind fund 등 투자 모든 영역에서 고루 활약하며 실력을 다진 후, 사모펀드 운용사의 임원으로 다수의 투자 건을 성공적으로 운용하였다.

　　투자 업계에서 커리어의 정점을 찍어나가던 중, 과감하게 또 한 번의 도전, 스타트 업계로 뛰어들게 된다. 2020년 ㈜이큅을 공동 창업하여 유아용 만들기 키트 정기 배송 서비스를 '똑똑하마'라는 이름으로 시작하였고, Seed와 Pre Series A투자를 순차적으로 유치하며 성장을 위한 틀을 다지고 있다. 또한 그는 2019년부터 모교인 연세대학교 경영학과 연구 교수로 임용되어 학부와 MBA에서 '벤처캐피털', '대체 투자와 구조화 금융' 등의 강의를 하고 있으며, 이 강의들은 매 학기 수백 명의 대기자들이 쌓일 정도로 현재 연세대 최고의 인기 강의로 자리 잡았다. 그 결과 2020년 손창우 교수는 연세대 최우수 강사로 선정이 되었다.

　　저서로는 에세이집 『하와이 패밀리』, 『바다를 칠 때 건네는 농담』을 출간하였고, 『스포츠도 덕후시대』에 공저로 참여하였다.

Venture Capital의 정의는 다양하게 존재하는데, 공통적으로 등장하는 단어들은 Startup, early-stage companies, Seed Funding, Series A, B, C funding, value-up, exit, return 등이다. 다시 말해서 우리가 startup이라 부르는 잠재력 있는 early-stage companies를 발굴하여 기업 성장 단계별로 투자를 하고Series funding, 함께 기업 가치 제고value-up 활동을 한 후, IPO[3], M&A[4], Secondary Sale 등의 방식으로 투자금을 회수Exit하여 높은 자본 이득return을 추구하는 금융 자본capital을 말한다.

제2의 쿠팡, 비바리퍼블리카, 컬리, 당근마켓 등을 꿈꾸며 창업을 하는 벤처 기업 창업가들은 자신들이 만들어나갈 회사의 성장 그래프가 하키 스틱 모양처럼 아주 짧은 Death Valley를 건넌 후 급성장해나갈 것으로 기대하는데, 이처럼 회사를 급속히 성장하기 위해서는 자금이 필수적이다.

전통적인 방식에서 기업은 필요한 이러한 자금을 일반 금융 기관에서 차입을 한다. 하지만 금융 기관들은 태생적으로 위험을 회피하는 성향일 수밖에 없어서, 돈을 빌려줄 때 회사의 매출과 수익을 확인하고 담보 등의 안전 장치를 잡는다. 하지만 초기 벤처 기업들은 대부분 번뜩이는 아이디어나 기술, 참신한

---

3) IPO : Initial Public Offering, 기업의 주식 및 경영 내용의 공개.
4) M&A : mergers and acquisitions, 기업의 매수·합병.

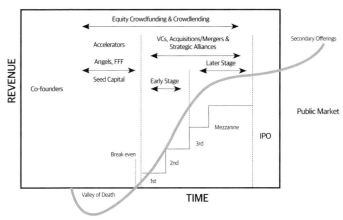

Startup Financing Cycle

비즈니스만을 가지고 창업을 한 사람들이 대부분이라 이런 방식으로 자금을 조달하기 어렵다. 그래서 창업가들이 가진 아이디어, 기술, 비즈니스 모델을 검증하고 평가하여 기업 가치를 산정하고 투자를 하는 전문가 집단인 벤처캐피털이 탄생하게 되었다.

기업에게 벤처캐피털 투자 유치는 어떤 의미를 지니는가?

창업가들이 회사를 설립하면 초기에는 Co-founder들이 출자한 초기 자본금으로 운영을 하지만, Idea와 Concept이 구체화되고 최소 기능 제품인 MVP Minimum Viable Product를 만들기까지 많은 자금이 필요하다. 그 때문에 자기 자본이 소진되는 시점부터 수익이 발생하기까지의 죽음의 계곡Valley of Death을 건너야 한다.

일반적으로 자금이 부족하면 가장 먼저 손을 내밀게 되는 사람들은 FFFFriends, Family, fools라 부르는 지인 그룹이고, 엔젤 투자자angel investor, 액셀러레이터accelerator, 인큐베이터incubator라 불리는 단체 혹은 개인으로부터 Seed 투자를 받기도 한다. 요즘은 정책 자금들이 많이 풀려 있고, 신용보증기금이나 기술보증기금 등의 대출도 활용할 수 있기 때문에 스타트업이 버텨 나가는데 큰 도움이 되기도 한다.

그렇게 Valley of Death를 건너 의미 있는 지표들이 나오기 시작한 순간이 되어서야 Venture Capital을 만나 IR[5]을 할 기회를 얻을 있으며, 그중 선택받은 회사들만이 투자를 유치하게 된다. 따라서 스타트업이 벤처캐피털로부터 투자를 유치한다는 것은 그동안 잘 해왔고, 미래의 폭발적인 성장을 위한 자금 동력을 얻게 된다는 점 이외에도 함께 머리를 맞대고 회사의 미래를 그려나갈 든든한 우군이 생긴다는 엄청난 순간이라 볼 수 있다.

---

5) IR : Investor Relations, 기업 설명 활동

투자를 받기 위해서는 투자를 집행하는 '벤처캐피털리스트'에 대한 이해가 필요할 것이다. 벤처캐피털리스트는 어떤 사람들인가?

벤처캐피털 회사에서 투자 심사역으로 일하는 사람들을 '벤처캐피털리스트'라고 한다. 창업가 출신들부터 CPA, CFA, MBA 등의 자격증을 가지고 금융 기관, 증권사, 대기업 등을 거친 업계 출신들이 대다수이며 최근에는 박사, 의사, 약사, 변호사 등 다양한 분야의 전문가들이 벤처캐피털리스트로 합류하고 있다.

벤처캐피털리스트들은 한 명 한 명이 자신의 브랜드를 가지고 다니는 사람들이다. 그동안 어떤 투자를 했었는지, 투자 성과는 어떠했는지, 창업가들과의 호흡은 어떠했는지, 업계의 다른 벤처캐피털리스트들로부터 어떤 평판을 받고 있는지 등이 종합적으로 판단되어 그 사람의 현재를 말해준다.

그래서 벤처캐피털리스트들은 자신만의 브랜드를 위하여 관심 분야를 끊임없이 공부하고, 창업가들을 만나고 교감하며, 투자 후 기업 가치 제고를 위해서 노력하는 사람들이라 할 수 있다.

벤처캐피털 투자가 진행되는 프로세스가 어떻게 되는지 궁금하다.

투자 프로세스는 **1**투자 자금 모집Fundraising → **2**딜소

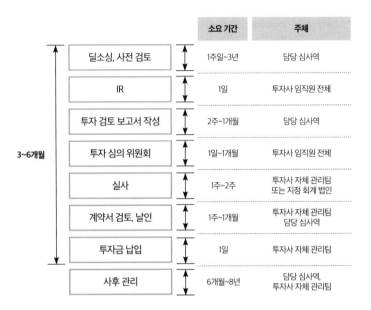

	소요 기간	주체
딜소싱, 사전 검토	1주일~3년	담당 심사역
IR	1일	투자사 임직원 전체
투자 검토 보고서 작성	2주~1개월	담당 심사역
투자 심의 위원회	1일~1개월	투자사 임직원 전체
실사	1주~2주	투자사 자체 관리팀 또는 지정 회계 법인
계약서 검토, 날인	1주~1개월	투자사 자체 관리팀 담당 심사역
투자금 납입	1일	투자사 자체 관리팀
사후 관리	6개월~8년	담당 심사역, 투자사 자체 관리팀

싱 → **3**심사 및 투자Evaluation & Investment → **4**포트폴리오 회사 지원 및 관리Monitoring → **5**투자금 회수Exit → **6**분배Distribution 의 순서로 진행된다.

이 중 딜소싱부터 투자까지만 더 자세히 살펴보면, 우선 딜소싱은 증권사, IB[6], 회계 법인, 법무 법인, 타 VC 등 인적 네트워크 등을 통해 소개받거나, 심사역 본인이 콜드콜을 통해 직접 투자 대상 기업을 발굴하기도 한다. 물론 많은 스타트업들이 투

---

6) IB : investment bank, 장기 산업자금의 취급업무를 담당하는 금융 기관.

자 유치를 위해서 회사 이메일로 회사 소개서를 보내온다.

이렇게 소싱한 회사들은 심사역들이 Initial Screening 하는데, 이 과정에서 약 80%의 회사들은 사라지고 20% 정도의 회사만 추가 검토 단계로 올라간다. 추가 검토는 예비 실사 Preliminary Due Diligence 단계인데 심사역이 회사로부터 받은 자료들을 바탕으로 검토하여 추가 진행 여부를 결정한다. 이 단계에서도 살아남은 기업들은 본격적인 실사 Due Diligence 를 진행하고, 재무 및 법무 실사를 거치며 Killer Issue들이 발견되지 않은 회사들은 Term Sheet 협상 후 최종 투자에 이르게 된다.

벤처캐피털 투자에 있어서 피투자 기업에 가장 중요하게 살펴보는 부분이 무엇인가?

벤처캐피털리스트들마다 개인별로 중요하게 판단하는 투자 포인트는 모두 다를 것이다. Team, Market, Business Model, Sales나 Downloads 수, VC 회사와의 Fit, Funding stage, 딜 사이즈와 펀드 사이즈와의 적합성, location 등 다양한 기준이 있다.

이 중 모두가 공통으로 중요하게 여기는 부분이 바로 경영진의 구성과 Team일 것이다. 벤처 기업은 수많은 난관을 헤쳐 나가야 하는데, 신뢰와 실력을 바탕으로 모여 있는 Team들만

이 이 과정에서 서로 유기적으로 호흡하고 긍정적인 시너지를 발휘하며 어려움을 극복해나갈 수 있을 것이다.

몇 년 전 오랜 친구 사이인 드림웍스, 디즈니의 CEO를 역임한 제프리 카첸버그Jeffrey Katzenberg와 HP, 이베이의 CEO를 역임한 멕 휘트먼Meg Whitman이 단편 영상 플랫폼인 퀴비Quibi의 사업 계획을 발표하였을 때 순식간에 디즈니, NBC 유니버설, 소니픽처스엔터테인먼트 등으로부터 1조가 넘는 투자금을 유치한 사례를 보며, 검증된 경영 능력과 서로 간의 신뢰를 바탕으로 뭉친 Team의 중요성을 다시 한번 알 수 있었다.

아무리 좋은 사업 계획이라도 결국 실행은 사람이 하는 것이니까.

벤처캐피털이 기업에 투자한 자금의 회수 방법이 다양할 것으로 보이는 데 어떠한 방법들이 있는가?

투자한 자금의 회수, 엑시트Exit는 기업의 공개Initial Public Offering와 인수 합병M&A이 대표적이다. 기업 공개는 기업을 주식 시장에 상장하여 그동안 투자해 준 외부 투자자에게 주식을 공개적으로 매도할 수 있는 기회를 줄 수 있기 때문에, 기업 공개가 기대되지 않는 회사는 투자 자금 회수에 대한 불확실성으로 벤처캐피털로부터의 투자 유치가 쉽지 않다.

그리고 여전히 기업 공개를 통한 투자금 회수가 압도적으로 많지만 전략적 투자자가 기업을 인수하는 Trade Sale 또한 조금씩 증가하고 있으며, 대기업이 보유하고 있는 자회사나 사업부를 경영 참여형 사모펀드PEF 또는 타 기업에 분할하여 매각하는 방식의 카브아웃딜을 통한 Exit도 종종 발생하고 있다. 또한, 펀드 만기 등의 이슈로 기업 공개나 인수까지 기다리지 못할 때는 해당 시점의 기업 가치 평가로 다른 벤처캐피털 회사VC나 사모투자펀드 운용사PE에 지분을 넘기는 2차 매매Secondary Sale 시장도 활성화되고 있다.

결국, 투자자로서는 IPO, Trade Sale[M&A], Secondary Sale 등 다양한 엑시트 방법을 모두 고려한 후 그 시점에서 투자 수익률을 극대화하는 방법을 통해 투자금 회수를 해야 한다.

벤처캐피털 투자 유치에 관심 있는 예비 CEO에게 해주고 싶은 조언은 무엇인가?

벤처캐피털리스트로부터 자금을 유치하는 것을 사업의 목적으로 삼지 않았으면 한다. 내가 바꾸고 싶은 미래의 모습이 있다면 누가 뭐라 하던 본인과 공동 창업자를 믿고, VC의 도움이 없더라도 성공시킬 수 있다는 자신감이 있을 때 사업을 시작했으면 한다. VC는 그 긴 여정을 줄여주는 역할을 해 줄 뿐이다. 결국 성공으로 이끌어주는 것은 창업팀의 꿈과 의지와 역량이다.

투자를 받지 않더라도 성공시킬 수 있는 로드맵을 그려봐야 한다. 사업을 하며 자금이 바닥나서 창업자가 벤처캐피털을 찾아 나서기 시작하면 투자를 유치하기 힘들 것이다. 그런 회사는 매력이 없다. 미래를 바꾸어 보겠다는 설렘을 안고 좋은 팀이 모여 스스로의 힘으로 멋진 회사를 만들어 가고 있으면, 벤처캐피털들은 자연스럽게 찾아올 것이다. 그들이 직접 찾아올 때 투자로 이어지며 우리가 그리는 미래가 더욱 앞당겨 찾아올 것이다.

모든 창업가 후배들은 실패와 거절을 두려워하지 말고, 사람과 세상을 향한 따뜻한 마음으로 한 발 한 발 걸어나가시길 바란다. 그 여정의 끝에서 반갑게 인사할 날을 꿈꾸어가자.

비즈니스에서 중요한 것은
규모가 아니다.
자본금 50만 달러의 회사가
5백만 달러의 다른 회사보다
더 많은 이익을 올리는 경우가 있다.
효율이 따르지 않는다면
규모가 핸디캡이 된다.

허버트 N. 카슨, 비즈니스 저널리스트

PART 2

기업의 내부 환경
관리하기

제4金

기업문화와
기업의 경쟁력

박기환
동화약품 대표이사

부채표 까스활명수, 부채표 후시딘 등 우리나라 국민이라면 누구나 알고 있을 상표 '부채표'. 이 부채표로 유명한 기업이 국내 최장수 제조 회사이자 제약 회사인 동화약품이다.

동화약품은 박기환 대표이사 체제하에 매출 성장은 물론 합병과 조직 개편을 통한 새로운 도약을 이뤄냈다. 연세대학교 사회학과와 뉴욕대 MBA를 졸업한 박기환 대표는 업계에서 소문난 제약통이다.

그는 1993년 미국 일라이 릴리 입사를 시작으로 브리스톨 마이어를 거쳐 10년 만에 한국으로 돌아와 한국아스트라제네카 마케팅 총괄 상무, 한국유씨비제약 대표이사를 지낸 후 유씨비제약 중국·동남아 총괄 대표를 역임했다. 이후에는 독일계 제약 회사인 베링거인겔하임 사장으로 약 2년 반가량 근무하다 2019년 3월 동화약품 대표이사로 취임하게 된다.

최근 박기환 대표이사는 회사의 스테디셀러인 '활명수'의 오랜 역사와 노하우를 기반으로 만든 화장품 브랜드 '활명'을 통해 사업 범위의 확장에 주력하고 있다. 박기환 대표 체제 아래 우리나라에서 가장 오래된 제약 회사의 미래는 어떤 모습으로 변화할지 기대되는 바이다.

제약 업계에 발을 들인 것은 굉장히 우연한 계기였다. 사실 첫 커리어는 제약과는 상관없는 국내 대기업에서 시작했다. 그 후, 미국의 MBA 과정에 진학해서는 졸업 후 반드시 미국 기업에 취직하겠다는 목표를 가졌었다. 왜냐하면 주변의 많은 이들이 마케팅을 전공한 한국 학생은 미국에서 취직하기가 무척 힘들다고 했기 때문에 한번 도전해 보고 싶었고, 앞서간다는 미국 회사는 어떻게 돌아가는지 호기심도 있었기 때문이다. 그래서 멋모르고 우여곡절 끝에 입사한 회사가 제약 회사인 일라이 릴리라는 회사였다.

사실 그때까지만 해도 제약 회사라고 하면 비타민 정도를 만드는 것으로 생각했었던 나는 처음 회사에 입사하자마자 당황하지 않을 수 없었다. 제약업이 생물학, 화학, 생화학 등 기초 과학에서부터 약학, 의학까지 포괄하는 첨단 지식 산업이라는 것을 입사 전까지는 몰랐기 때문이다.

고등학교 2학년 생물 수업 시간을 마지막으로 정규 과학 교육을 받지 못했던 나에게 제약 회사에서의 처음은 너무나 힘들었다. 다른 업종으로 전직하려고 시도를 해보기도 했으나 그것도 쉽지 않았다. 그러다가 우연한 기회에 '제약업의 본질이 무엇일까?'하는 생각이 들었다. 내가 익숙하게 여기던 소비재 산업과 비교해 본 결과 제약업은 '약'이 아니라 '과학'을 파는 산업이 며, '대중'에게 '광고'를 통해 자기 제품을 소개하는 것이 아니라 '전문가'에게 '인적 판매'를 통해 자기 제품을 소개하는 산업이라 는 걸 깨달았다.

거기에 더해 사람들의 생명을 구하고 건강을 증진 시키 는 산업이라는 것도 새삼 매력적으로 다가왔다. 이런 업의 본질 에 대한 깨달음은 나로 하여금 무엇에 집중하여야 할지, 무엇을 잘해야 할지를 깨닫게 해 주었다. 과학을 파는 산업인 만큼 약들 의 작용 기전뿐 아니라 그 약의 유효성과 안전성을 입증하는 과 학적 연구 방법론에도 관심을 갖게 되어 심도 있는 공부를 하게 되었다.

결국 내가 집중해야 할 부분과 잘해야 하는 부분은 그런 첨단 과학의 연구 결과를 간결하면서도 정확하게 전달할 수 있 게 정리하는 것, 그 정리된 메시지를 잘 전달하도록 영업 사원들 을 비롯한 여러 커뮤니케이션 채널들을 교육·훈련하는 것, 기존 의 연구 결과에 더해 또 다른 의미 있는 연구를 진행할 수 있도 록 자원을 조달하고 의미 있는 연구 결과를 만들어내는 것이었 다. 그와 더불어 우리 회사가 만든 신약을 통해 환자들이 새로운 희망을 갖게 된다는 것은 제약 산업에서 일하는 커다란 보람을 가져다주었다.

이렇게 '업의 본질'의 이해, 그에 따라 본질에 충실하려고 노력하는 것, 그뿐만 아니라 일에 의미를 부여하며 분투하다 보니 처음에는 내 길이 아니라 생각했음에도 여태껏 뚜벅뚜벅 걸어올 수 있었다. 그렇게 걸어오다 보니 내 길이 되었던 것 같기도 하다.

많은 사람들이 대학의 전공에 얽매여 진로를 생각하고는 한다. 하지만 어디서 무엇을 하더라도 자기가 그 일에 의미를 부여할 수 있고, 또 그 업의 본질을 이해하고 꾸준히 연마하면 10년 후 20년 후에는 그 분야의 전문가가 될 수 있으리라 확신한다.

외국계 기업과 다양한 국내 기업의 임원진 자리를 두루 거치신 경험을 통해 바라본 외국계 기업과 국내 기업의 기업문화 차이가 궁금하다.

크게 세 가지 차이가 있다고 생각한다.

첫째, 내가 중국을 제외한 외국 회사에서 일하면서 가장 인상 깊게 느꼈던 것은 '기본에 대해 충실함'이었다. 어떤 업무든 그 업무에 대해 '왜 해야 하는지', '어떻게 해야 하는지'에 대한 이해가 조직 내에 잘 공유되어 있고, 또한 더 잘 공유하려고 노력한다. 그래서 초기 업무 진행 속도가 더디지만 탄탄한 기초적 작업과 그에 대한 완벽한 이해를 통해 허비하는 시간을 줄이는 편이다. 반면, 우리나라 기업의 직원들은 기초보다는 응용에 매우 강하다. 업무 유연성Flexibility이 한국 조직이 일하는 큰 특징이 아닌가 싶다.

둘째, 실패에 대한 용인도의 차이다. 우리나라 기업은 새로운 시도를 잘 하려 하지 않는다. 실패하게 되면 책임을 져야 하기 때문이다. 하지만 내가 일했던 여러 외국 회사에서는 새로운 일을 벌이는 것을 장려했었다. 실패하면 실패하는 대로 무엇인가를 배울 수 있다고 생각하기 때문이다. 이러한 실패 용인도의 차이는 각 조직 또는 사회 자원이 풍족한지에 따라 많이 좌우되는 것 같기는 하다.

셋째, 성과의 측정과 보상에도 차이가 있다. 한국 조직에서는 업무를 뛰어나게 잘 하든, 그렇지 않든 그 보상에 있어서 차이가 많이 느껴지지 않았다. 특히 자기 일 이외에 남의 일 또는 타 부서의 일을 도와주어도 그것에 대한 평가나 보상이 미약하다. 그러다 보면 '난 내 일만 할래', '이건 내 부서 일이 아니야'라는 태도가 나오게 되고, 조직 전체의 생산성이 떨어지게 된다. 반면 외국 기업은 상대적으로 업무 성과에 따른 차등 보상이 이루어지며, 협업을 매우 중시하는 경향을 보이는 것 같다.

기업문화가 기업이라는 조직 내에서 미치는 역할은 무엇이라고 생각

기업의 문화나 제도를 비롯한 운영 방식은 기업의 지향점이나 목표를 뒷받침해야 한다. 만약 '우리는 업계 1등을 지향한다'고 하면서 단순히 매출 1위에만 집중한다면 수단과 방법을 가리지 않고 매출에만 목을 맬 것이다. 그 회사는 1위를 한번 맛볼 수는 있을지 몰라도 지속할 수는 없다. 매출이 올라가는 것과 함께 '직원들이 공통으로 추구하는 지향 점', '조직이 일하는 방식', '성과 관리와 보상'과 같은 조직의 문화가 성숙하여야 조직이 지속적으로 발전할 수 있는 동력을 갖게 된다.

기업문화와 관련한 특별한 노력이나 일화가 있는지 궁금하다.

사실 기업문화를 바꾼다는 것은 매우 어렵다. 특히 조직의 외부에서 온 사람이라면 기업문화를 바꾸는 것은 어렵다. 조직 내부에서 오랫동안 일해온 사람이라고 해도 기업문화를 바꾸는 것은 마찬가지로 어렵다. 하지만 불가능하지는 않다. 출발점은 '우리는 무엇을 지향하는가?' 혹은 '어떤 회사가 되고 싶은가?'에 대한 조직 내의 충분한 논의와 그에 대한 합의를 이루는 것이다. 그리고 그것을 명문화하고 회사 내의 시스템과 프로세스를 지속적으로 거기에 맞춰 나가는 것이다.

나는 내가 일했던 조직마다 '우리가 경쟁하는 분야에서는

1등을 하자'라고 주장해왔다. 그리고는 왜 우리가 1등이 가능할지 설명하고 직원들의 동의를 얻기 위해 노력했다. 그다음으로는 모든 직원과 함께 노력하여 업무적으로 작은 성공을 만들어 냈다. 그 성공을 모두가 같이 축하했으며, 그 성공을 위해 노력한 사람들의 태도와 지향하는 조직문화와 부합되는 행동을 찾아내 사람들 앞에 공표하고 인정해 줬다.

나의 경우에는 단순히 계량화할 수 있는 업적을 잘 쌓은 사람들은 물론, '매사에 긍정적이고 의욕적인 자세를 가진 사람', '새로운 것을 시도해 보았던 사람' 그뿐만 아니라 '자기 일만이 아니라 남의 일도 기꺼이 도운 사람들'을 찾아내 그들의 기여를 사람들과 함께 나누고 축하해 주었다. 이런 것들이 지속해서 쌓이다 보면 직원들은 거기에 맞춰 행동하게 된다. 이렇게 조직문화가 생기는 것이다. 특별히 어렵지 않다.

좋은 조직을 만들기 위하여 이상적인 기업문화를 확립하고자 하는 예비 CEO에게 해주고 싶은 조언은 무엇인가?

가장 중요한 것은 리더들의 가치관과 경영 철학이다. 단순히 돈을 버는 것이 아니라 '어떤 리더가 되고 싶은지', '무엇을 이루고 싶은지', '자기 주위의 세상과 이웃들에게 어떤 긍정적인 영향을 미치고 싶은지'를 꼭 생각해 보라고 권하고 싶다.

한 삼십 년도 넘은 지금은 돌아가신 정주영 회장님의 자서전 『시련은 있어도 실패는 없다』를 읽고 크게 감명받은 부분이 있다. 정 회장님이 젊었을 때 쌀가게로 크게 돈을 벌었지만, 거기에 만족하지 않고 사업을 확장한 것은 '더 많은 사람들에게 일자리를 만들어 주고 싶어서였다'고 한 구절이다. 이것이 자서전을 쓰면서 각색된 말 일 수도 있지만, 동네의 돈 잘 버는 쌀가게 주인으로 끝날 수도 있었던 정 회장님이 대한민국을 대표하는 기업 집단을 만들을 수 있었던 것은 바로 그 생각의 차이, 그저 나와 내 것을 추구하는 것이 아니라 주위에 긍정적 영향력을 미치겠다는 생각 때문이었다고 나는 믿는다.

회사에는 리더들과 비슷한 생각을 하는 사람들이 모여든다. 물론 그렇지 않은 사람들도 많다. 하지만 리더들과 비슷한 생각을 하지 않는 사람들은 오래 조직에 남아있지 못한다. 그러기에 리더들이 언행일치하고, 공적이든 사적 생활에서든 주위 사람들에게 귀감이 되도록 자신을 늘 다듬어야 한다.

신께은 이렇게 언행일치를 통해 주위 사람들에게 귀감이 되려는 사람들에게 선물을 주신다.

사람이 가장 중요한 자산이라는 말은 틀렸다.
적합한 사람이 가장 중요하다.

짐 콜린스, 『좋은 기업을 넘어 위대한 기업으로』 저자

제5金

원가 관리로
이윤을 내는
비결

황인태
前 한국후지제록스 대표이사

복사기 시장 1위 한국후지제록스에서 27년을 몸담아오며 경영기획실, 마케팅, 영업 등을 두루 거쳐 온 황인태 회장은 한국후지제록스에서 대표이사를 역임하고, 패션그룹 형지 사장을 역임한 후 현재는 SY에듀의 회장으로 재직하고 있는 원가 관리의 대가이다.

"남들이 꺼리는 업무에 기회가 있다", "혼을 담은 몰입은 시련도 잊게 한다", "하찮은 일에012도 최고가 되자"라고 말하는 그는 같이 입사한 동기들의 10년 후 모습에 차이를 가르는 것 중 가장 큰 요인으로 실행력을 꼽는다.

30대 초반 어려운 프로젝트도 스스로 맡아 사내 최초 '표준원가 제도' 확립을 통한 획기적인 원가 절감을 시작으로 '신인사 제도' 도입을 통한 업무 생산성 향상 및 업계 최초 '3대 TCO 절감 비법' 시행 등 원가 관리 부문에서 경영 성과를 내며 사내에서 승승장구를 해왔다. 저서로는 『리더에게 인정받는 직원의 40가지 비밀』이 있다.

한 기업에서 오래 있었고, 그 과정에서 많은 성과를 냈다. 그 배경은 무엇인가?

"할 수 없어도 할 수 있다고 말하지 않으면 기회는 없다. 우선, 할 수 있다고 말하자. 말을 하고 강한 실행력을 갖자"를 모토로 하여 무엇이 옳은지를 항상 생각하며 일을 했다.

1988년, 내가 제록스에 입사한 지 1년 2개월밖에 되지 않았을 때 부여받은 첫 임무가 원가 관리 임무였다. 당시 회사 오너로부터 '표준원가 제도'를 1년 5개월 내 준비하여, 1990년 1월부터 표준원가 제도를 활용한 원가 계산을 할 수 있게 하라는 명을 받았다. 그때만 해도 입사한 지 얼마 되지가 않아서 제록스 비즈니스를 잘 모르던 시절이었고, 사내에는 표준원가 제도를 아는 사람이 단 한 명도 없었다. 나는 막막했지만, 일단 "할 수 있다"고 말했다. 우선 부딪혀보기로 한 것이다.

그래서 독학을 하자고 마음을 먹고 서울중앙도서관과 국회도서관을 오가며 표준원가 제도에 관한 석사 논문을 찾아 연구하고, 사내에 협조를 받아야 할 곳도 뛰어다니며 협조를 구했다. 표준원가에 대한 개념부터 잡고 처음부터 운영 매뉴얼을 만들면서 동시에 시스템을 구축해 나갔다. 또한 서울 상도동에서 주안공단에 있는 인천 공장으로 전철로 출퇴근하면서 가장 먼저 출근해 사무실의 전등 스위치를 올렸고, 저녁에는 가장 늦게 퇴근하면서 열심히 내달린 결과 5개월 만에 도입을 완료하여 제록스는 1989년 1월 결산부터 표준원가 제도를 활용한 원가 결산을 할 수 있게 되었다.

내가 전에 없던 표준원가 제도를 5개월 만에 혼자서 도입하여 획기적으로 원가를 절감할 수 있었던 일은 생산 본부와 제록스 본사에 나의 존재를 알리는 계기가 되었다. 그때 수행했던 업무 처리 속도와 프로세스 관리 능력, 그리고 전혀 해보지 않았던 업무를 "할 수 있다"고 말하며 짧은 기간 내 완수해낸 자신감은 한국후지제록스의 대표이사를 역임하고 퇴임할 때까지 27년간 나의 브랜드가 되어주었다.

다시 말해서 할 수 없어도 할 수 있다고 말하는 것, 그렇게 주어진 기회를 강한 실행력을 가지고 이루는 것이 바로 성과 창출을 이루는 배경이라 할 수 있다.

황인태 대표가 '표준원가 관리' 도입을 결심한 이유는 무엇인가?

표준원가를 도입한 이유는 당연하게도 기업의 이윤이 향상되기 때문이다. 기업의 총수입에서 총비용을 뺀 것이 이윤인데, 여기서 표준원가 관리는 비용을 최소화하여 이윤을 높이는 좋은 방법의 하나였기 때문이었다.

표준원가란 정상적이고 효율적인 제조 환경에서 한대의 완성품을 제조하기 위해 들어가는 예상 원가를 말한다. 표준원가 관리의 원리는 목표로 하는 원가 수준예상 원가을 정해 놓고 실제 원가와 비교한 다음에 두 원가 차이의 원인을 분석해서 실제 기업 활동에서 발생하는 비능률 및 낭비 요인을 확인하고 대응하는 것이다. 따라서 제록스는 회사의 가격 정책을 수립하고 이익 관리까지 가능한 표준원가를 도입할 필요성이 있었다.

표준원가는 한번 도입했다고 끝이 아니다. 주요 원자재의 가격 변동을 계속 모니터링하고 기준 변동 범위를 벗어나는 경우에는 이를 업데이트하여 표준 단가의 수준을 고도화하여야 한다. 제록스에서는 발주하는 부품이 생기면 해당 부품 같은 경우에는 표준 단가보다 같거나 낮아야만 발주가 가능하고, 표준 단가보다 높으면 생산 본부장의 승인이 있어야 발주가 되도록 하였다.

또한 거래처와의 견적 과정에서 단가가 표준보다 낮아지는 경우 표준을 바로 수정하였으며, 높아지는 경우는 그 원인을 파악하여 절감 요인을 찾아냈다. 이러한 표준원가 시스템은 예산 수립 시 기초 자료로 활용하고, 원가 통제를 보다 효과적으로 수행할 수 있었으며 해당 관리자에 대한 성과 평가 및 그에 따른 보상도 적절하게 할 수 있다.

원가 관리를 통해 이윤을 높이고자 사용한 방법은 무엇인가? 그러한 제록스에서 영업 본부장 시절, 원가 관리를 통해 이윤을 높인 방법으로 '3대 TCO 절감 비법'을 고객사에 선보인 적이 있다. TCO total cost of ownership 는 말 그대로 '문서 관리에 대한 고객사의 총 소유 비용을 어떻게 하면 줄여 줄 수 있을까?'에 초점을 맞춘 전략이다. 회사가 기존에 보유하고 있던 46가지의 문서 관리 솔루션 중에서 비용 절감 효과가 가장 탁월한 문서 관리 솔루션 3개만을 선정하여 3대 TCO 절감 비법을 패키지화하였는데, 이것이 바로 당시 제록스의 대표적인 원가 절감 방법이다.

3대 TCO 절감 비법의 첫 번째 방법은 '출력기기 제어를 통한 출력 비용 절감'이다. 이는 복합기에 사원 인증 시스템을 도입하여 인증된 사용자만 기계를 사용할 수 있도록 만들기, 지문 인식기로 사용자를 인식하기, 특정 단어가 있는 문서는 출력이 안 되도록 하기 등을 통해 원가를 절감하는 방법이다.

특히 직원들을 대상으로 매달 A4를 100장 정도 출력할 수 있도록 하면서 프린터 사용자별로 더 세밀하게 세분화하였다. 예를 들어 제안서 출력량이 많은 영업부서 직원은 100장을 모두 컬러 출력할 수 있게 하고, 경리부 직원에게는 10장은 컬러, 90장은 흑백으로 출력할 수 있는 권한을 부여하는 것이다.

두 번째 방법은 종이가 필요 없는 '페이퍼리스 오피스 Paperless Office' 구현을 통한 비용 절감이다. 이는 전자 문서의 활용을 높여서 종이 사용량을 절감하는 것인데, 웹 기반 전자 팩스를 이용하여 불필요한 수신 Fax를 종이로 출력되는 것을 막을 수 있다. 이러한 방법은 종이 문서의 배포/전달/보관 비용을 절감할 수 있다.

마지막 방법은 '고객 출력 환경 컨설팅을 통한 출력기기 최적화'다. 이는 고객의 출력기기복합기, 팩시밀리, 프린터기 등 및 출력량을 토대로 현재 출력 환경을 분석하여 최적의 출력기기 대수를 제안하는 것이다. 고객은 기기 대수의 최적화를 통해 직접적인 출력 관련 비용을 절감할 수 있을 뿐만 아니라 전력 소모를 줄이고 사무 공간을 효율적으로 활용할 수 있게 된다.

이렇게 절감 솔루션을 고객사에 제공하게 되면 제록스는 단기적으로는 토너나 종이 등 소모품 매출이 감소하게 된다. 그러나 이를 통해 고객사는 절감 비법 서비스까지 제공하는 판매 업체와 신뢰 관계가 형성되었고, 결과적으로 불황기 제록스의 고객사 확보에 있어 확실한 이득이 되었다.

원가 관리로 이윤을 내고자 하는 예비 CEO에게 해주고 싶은 조언이 있다면 무엇인가?

효율성과 효과성을 엄격히 구분할 필요가 있다고 생각한다. 효율성은 '비용의 최소화'를 말하고 효과성은 '결과의 극대화'

를 말한다. 반도체 산업의 경우 우리나라는 일본으로부터 배우면서 시작을 했지만, 지금은 삼성전자의 경상이익이 일본의 전자 회사 몇 개를 합친 것보다 높을 정도로 국내 기업이 선도하고 있다.

이에 대해 『일본 반도체 패전』의 저자 유노가미 다카시는 기술력이 높았던 일본이 과잉 품질, 과잉 기술의 제품을 만드는 데 집착하여 원가 경쟁력을 상실한 것에 반해 한국은 철저히 수율과 비용을 중시한 결과라고 진단했다.

1980년대 중반까지는 반도체는 안정성을 생명으로 하는 대형 컴퓨터에 많이 쓰였기 때문에 기술적으로 뛰어난 일본의 제품이 세계 시장에서 50% 이상의 점유율을 차지하였다. 그러나 1980년대 중반 이후 IT의 패러다임이 PC로 넘어오면서 일본 반도체 기업들의 앞선 기술은 비싸기만 하고 필요한 것 이상의 과잉 기술이 되어버렸다. 이에 일본 반도체 기업들은 필요한 기술을 보유하고 있으면서도 원가 관리를 통해 생산성 및 효율성을 앞세운 한국 반도체 기업들에 경쟁에서 밀리기 시작했다.

원가 관리로 이윤을 내는 비결은 결국, 경영자들이 효율성과 효과성을 함께 고려해 경영하는 것이다. 즉, 효과성이 높은 일을 효율적으로 더 열심히 할 필요가 있다고 조언해 주고 싶다.

제6金

기업을 살리는
경영자의
인재개발 원칙

김주희
NGL Transportation HR 총괄 부사장

김주희 대표이사는 인재개발 분야의 전문가이자 유능한 비즈니스 코치이다. 특히 '조직 개발형 액션러닝 및 코칭'을 통해 한국과 미국에서 수많은 유능한 인재를 발굴해낸 것으로 유명하다. 고려대학교에서 기업교육학 석사, 서울과학종합대학원에서 경영학 박사 과정을 마쳤고, 주요 이력으로는 ㈜아시아나항공에서 공채 1기 승무원, 서비스 컨설팅 팀장, Wilson Learning Korea Master Trainer, ㈜현대오일뱅크에서 인재개발 담당 상무를 역임하였다.

대한민국 명강사 127호로서 (주)유앤파트너스 커리어앤조이센터 대표이사와 (사)아시아태평양마케팅포럼 부회장, (사)한국액션러닝협회 부회장과 고용노동부 여성정책 자문, 청와대위민 포럼 자문 활동을 하며 국가 정책에 기여하였으며, 서울여대 겸임 교수 및 청년위함 멘토 코치로서 미래의 인재 양성에도 많은 힘을 쏟고 있다.

Executive Business Coach로 현재는 미국에서 NGL Transportation 기업문화 센터 HR 총괄 부사장, KACCOC 오렌지카운티 상공회의소 부회장으로 활동하고 있으며, 주요 저서와 번역서로는 『매너 백서』, 『현명한 코칭이 인재를 만든다』, 『코칭 퀘스천』, 『자신감을 키워라』, 『Social Style & Performance Effectiveness』 등이 있다.

경영자는 정확하고 신속한 의사 결정을 해야 할 크고 작은 상황과 매일 직면하게 된다. 끊임없이 변화하는 환경으로 인해 예측이 불가능한 불확실성과 싸우며 동원할 수 있는 모든 채널을 통해 시장 조사를 하고 경영 정보를 모아 의사 결정을 하지만 많은 제약을 받는다.

우선 시간 관리부터 쉽지 않다. 일하다 보면 하루 24시간 몸이 열 개라도 부족하다. 한정된 시간에 제대로 된 의사 결정을 위해 모든 것을 파악하고자 노력하지만 결국 제대로 업무를 수행할 숙련도를 갖춘 인재 부족의 상황에 직면한다. 그래서 경영자에게는 반드시 인재 경영과 기업 교육에 대한 철학이 필요하다. 그들은 개개인의 지식, 정보, 기술, 능력이 행동과 태도로 나타나 기업의 풍토를 만든다는 것을 인식하고 변화하는 환경에서도 스스로 기회를 탐색해 주도적으로 개인의 보유 능력을 개발하도록 독려해야 한다.

한국인의 성장 동력은 부지런함과 신속함이다. 이를 바탕으로 기업은 제대로 일할 수 있는 능력과 역량이 있는 사람에 의해 발전해 왔다. 그렇기에 경영자는 사람의 문제로 많이 고민할 수밖에 없다. 예를 들어, 자신이 맡은 일은 탁월성을 갖췄으나 다른 일을 하면 방법을 몰라 성과를 내지 못하는 직원이 있다고 해보자. 한 가지 일에만 숙련도를 갖춘 것인데, 이 직원이 다른 일에도 성과를 낼 수는 없는 것일까? 경영자라면 고민해 보아야 한다. 물론 일반적인 업무와 전문 영역은 다르지만, 기본 역량을 충실히 갖춘 인재의 경우에는 숙련도에 이르기까지 매우 짧은 적응기를 가진다. 따라서 이런 유형의 직원에게는 일이 성과로 이어지는 근본 원리를 교육하고 이를 실전에 적용하여 결과를 창출하도록 이끌어줘야 한다.

이뿐만 아니라 한 번이 아닌 지속적인 성과 창출을 원한다면, 기업의 인재들이 타인에게 자신의 지식과 경험을 명확하게 전달할 수 있는 수준까지 도달해야 한다. 이러한 수준까지 도달한 인재들을 보유하고 있지 않은 기업은 새로운 일에 도전하기가 쉽지 않기 때문에 변화하는 환경에 따라 지속적인 성과를 낼 수 없다. 그러므로 경영자는 직원들이 지속적인 성과를 낼 수 있도록 인재개발에 대한 원칙과 철학을 가지고 회사의 역량을 집중하는 노력이 필요하다.

김주희 대표가 생각하는 인재개발의 원칙은 무엇인가?

"조직의 성과 향상과 개인의 성취 증진을 위해 개인, 팀,

인재개발의 원칙은 성장이다. 누군가가 직장 생활하는 동안 실력과 성과가 모두 향상되었을 때 우리는 그 사람이 성장했다고 이야기한다. 자신이 수행한 일이 다른 사람들이 인정할 만한 업적으로 남겨지고, 자신은 누군가의 멘토·코치로부터 성장을 지원받았으며, 자신도 타인의 멘토·코치가 되어 있다면 가장 바람직한 선순환 구조가 된 것이다. 제대로 된 인재개발은 좋은 인재를 선발할 수 있는 선구안과 구조화된 인터뷰 스킬을 갖춘 안목 있는 인터뷰어가 조직 안에 육성되어 있다는 전제하에 시작된다.

그다음에는 우리 조직에 맞는 사람을 선발·배치·육성하고, 관찰 및 평가를 통해 성과를 인정하고 보상하면서 더 나은 목표를 제시하는 일련의 과정이 연속되어야 한다. 이 과정에서 중요한 것은 기업문화와 조직의 풍토를 리더들의 언행을 통해 형성해나가는 것이다.

그렇다면 어떠한 방법을 통해서 기업을 살리는 인재들을 성장시킬 수 있을까? 현재 가장 효과적이고 체계적인 인재개발 시스템으로 손꼽히는 방법은 바로 '조직 개발형 액션러닝'이다.

액선러닝이란 '5~7명으로 구성된 학습자들이 팀을 구성하여 러닝 코치와 함께 그들의 역량 향상을 위해 해결해야 할 과제의 내용적 측면과 과제 수행의 프로세스 측면을 학습하는 것'이다.

이 과정에서 러닝 코치와 학습 팀원은 회사의 비즈니스 모델과 업무 특성에 적합한 문제 해결 프로세스를 학습하고 이를 문제 해결 과정에 활용함으로써 문제 해결 능력과 의사 소통 능력이 향상된다.

액션러닝은 조직의 구성원들이 자신의 업무를 하며 다른 팀과 함께 '조직 내의 문제는 무엇인가?'를 고민하는 것에서부터 출발한다. 그리고 문제를 발견했을 때 그것을 그룹의 과제로 정한다. 이후 문제의 원인을 파악해 보는 문제 인식의 과정과 문제가 해결된 상태의 이상적인 목적지를 공유하는 과정에서 나와 다른 사람들의 차이를 이해하게 된다. 때로는 갈등과 의사 소통의 어려움을 경험하면서 팀 다이나믹스 및 리더십·팔로워십 역량, 문제 해결 방법론을 습득한다.

또한, 함께 모여 관점을 나누는 과정에서 여러 가지 시사점을 얻고 아이디어를 도출하는 활동을 통해 실질적이고 실행 가능성이 높은 해결안을 개발한다. 해결안을 적용하는 과정에서는 담당 부서와 부서장을 설득하는 설득력과 협상력을 익히게 되고 실행 가능성을 탐색한다.

여기에서 이해관계의 득실이 발생하게 되기 때문에 경쟁

관계에 있는 조직 내부의 상황을 정확하게 파악하고 성과에 영향을 미치는 내용을 구성원과 공유하며 이해를 구해 나가기도 한다. 따라서 조직의 구성원들은 생각과 관점의 차이로 동일한 내용에 대한 다양한 해석과 프레임의 차이를 배우면서 성장할 뿐만 아니라, 성과를 내고 측정하기 위한 활발한 피드백이 오가는 과정에서 학습과 성장 욕구를 느끼게 되는 것이다.

이를 통해 기업은 비로소 조직 내 후견인을 얻게 되는 큰 성과를 얻게 된다.

김주희 대표는 어떻게 인재를 개발하였는가?

현대오일뱅크에서 인재개발 담당 상무로 있을 때 이야기다. 당시 현대오일뱅크는 인재 육성의 철학이 투철하신 최고경영자 서영태 대표님과 함께 일하는 행운을 갖게 되면서 HRD[7] 경영에서도 많은 변화가 시작되었다.

먼저, 현대오일뱅크의 인재상에 맞춘 인재 육성 전략을 수립하는 동시에 일 자체보다 일하는 방법을 개선하고 성장에 대한 리더의 인재 육성 책임을 강화하였다. 또한, 권위주의적인 리더십을 존중과 권한 위임의 리더십으로 변화시키고자 노력했

---

7) HRD : Human Resources Development, 인적 자원 개발

다. 팀장 리더십을 코칭 리더십으로 전환하기 위해 현대오일뱅크만의 코칭 매뉴얼을 개발하여 활용하였으며, 수직보다는 수평적 조직문화를 위해 프로세스 중심의 안정성과 규모의 경제에 무게를 두던 방식에서 민첩하고 유연하게 일하는 방식을 바꿔나갔다.

대한민국에 코칭이 도입된 초창기로서, "그런 방식으로 일이 되겠나?" 하는 반대 의견도 많았고 "미국 방식의 코칭을 한국 기업문화에 적용하려는 노력은 가상하지만, 먼 나라 이야기"라고 하는 사람도 있었다.

그러나 내부의 변화를 위해 끊임없이 노력하고 외부 콘퍼런스에서 지속적으로 발표하면서 자존감과 공감대를 높여나갔다. 최고 경영진 19명에게는 코치 자격을 취득할 수 있도록 조력하고 리더의 언행을 통해 코칭 문화를 형성하고자 노력하였으며, 개인에게는 성장을 위한 목표를 수립하고 자기 계발 계획을 실행하도록 동기부여하면서 인재를 발굴해나갔다.

특히 방향성에 대한 지속적인 커뮤니케이션은 정말 중요하다. 그래서 매주 금요일은 '코칭 데이'라는 제목의 뉴스레터를 매주 발송하여 코칭의 방향과 구체적인 방법을 제시하고 코칭의 원칙, 사례, 스킬을 배워나갈 수 있도록 했다. 또한, 리더마다 코칭의 목적과 코칭을 통해 기대하는 결과 등의 내용을 기사화해 내보내면서 많은 리더가 스타 코치로 거듭났다.

리더들이 변해간 이유는 자신들에게 더 많은 보람과 유익이 쌓이는 것을 느꼈기 때문이다.

기업이 원하는 인재를 발굴하고자 한다면 먼저 기업이 원하는 인재상이 무엇인지 정확히 인식해야 한다. 기업이 원하는 인재는 기본적인 품성을 갖춘 사람이다. 밝은 표정과 인사 자세, 인사말 그리고 사람을 대하는 열린 마음과 친절함, 타인에 대한 다름을 인정하고 배려하고 존중하는 태도는 구성원을 하나로 화합시키고 조직 전체의 성장을 이끄는 토대가 된다. 이를 위해선 마음 밭에 좋은 씨앗을 파종하고 성장할 수 있는 환경과 사람을 만나면 좋을 것이다.

기업에서 함께 일하고 싶은 사람은 신속하고 정확한 사람이다. 그러나 빠르게 일 처리를 하다 보면 정확하게 일하기 어렵다는 함정이 숨어 있다. 정확도를 높이기 위해서는 자기 계발 노력을 해야 한다. 업무 전문성, 즉 지식과 스킬로 무장하고 이것을 전달할 수 있는 스토리텔링 능력을 갖춘 인재는 어디서든지 환영하고 함께 일하고 싶은 사람이다.

그러나 일 중독자가 되지 않으려면 '진정으로 자신이 원하는 행복이 무엇인지' 자기 자신과의 내면의 대화에 충실하고 거짓된 자신과 만나 헛힘을 빼지 않도록 자신의 기쁨과 일터 소명을 발견하는 것이 필요하다. '우리를 왜 이곳에 두었는지', '나는 이곳에서 남과는 다른 무엇으로 어떻게 살 것인지' 깨닫지 못한다면 자칫 타인이 원하는 방식으로 끌려다니는 인생이 된다.

이처럼 품성과 업무 전문성을 갖추고 일과 삶에 명확한 소명이 있는 사람이 바로 기업이 원하는 인재라고 할 수 있다. 기업이 원하는 인재가 어떤 인재인지 정확히 정의해야 경영자는 비로소 올바른 방향으로 직원의 성장을 지원할 수 있다.

경영자를 꿈꾸는 독자들이 직원의 성장에 진심을 다하는 훌륭한 경영자가 되길 소망한다.

제7金

기업의
창의력은
어디서 오는가?

이장우
한국인공지능포럼 회장

이장우 회장은 국내 최초 퍼스널 브랜드 'IDEA DOCTOR' 의 소유자이자 둘째가라면 서러워할 브랜드 전문가이다. 그는 경희대학교에서 영문학을 전공하고 연세대 경영학 석사, 경희대 경영학 박사, 성균관대 공연예술학 박사, 홍익대 디자인학 박사 과정을 수료하였다. 필드에서는 한국3M 영업 사원, 3M 미국 본사 아태지역 영업 개발 본부장을 거쳐 3M에서 분사한 ㈜이메이션코리아 대표이사, 부회장을 역임했다. ㈜이메이션코리아는 스토리지Storage 전문 업체로 당시 디스켓과 CD 국내 점유율이 80%에 달했다. 최근에는 Chief Metaverse Officer로 활동하면서 NFT Imagineer로 가상 공간을 넓혀가고 있다.

현재 한국인공지능포럼 회장, (사)한국마케팅협회 부회장, 한국소비자브랜드위원회 기업 위원장으로 활동하고 있다. 서울브랜드포럼 회장, 국가브랜드위원회 자문 위원, 국세청 홍보 위원장, 한양대학교, 이화여자대학교 겸임 교수직을 역임했다. 저서로는 『이장우의 브랜드』, 『인공지능이 나하고 무슨 관계지?』, 『세상은 문밖에 있다』, 『퍼스널 브랜드로 승부하라』, 『비자트 3.0』, 『디자인+마케팅』, 『마케팅 빅뱅』 등이 있다. '2016 글로벌 마케팅 리더'에 선정됐으며, 2015 올해의 브랜드 대상 퍼스널 브랜드 부문을 수상했다.

'Idea Doctor 이장우 박사'라는 개인 브랜드를 통해 지금까지 늘 목마르게 아이디어를 찾아다니며 기업들의 Idea Adviser로 활동하였다. 이렇게 아이디어에 많은 관심을 가지게 된 이유는 무엇인가?

세상 모든 것이 아이디어로 시작된다. 아이디어는 세상 모든 것의 근원이기 때문이다. 아이디어가 있어야 블록체인도 만들 수 있고, 인공지능도 만들 수 있고, 브랜드도 만들 수 있고, 제품도 개발할 수 있다. 기업의 일을 해보고 Idea Doctor로서 기업의 일들을 도와주다 보니까 모든 기업이 아이디어에 목말라 하고 있음을 느낄 수 있었다.

도대체 왜 그럴까? 세상은 쉽게 진부해지고, 인간은 항상 새로운 걸 원하기 때문이다. 3M의 포스트잇도 아이디어의 산물이다. 풀처럼 완벽하게 달라붙지 않고 쉽게 떼어낼 수 있는 메모지인 포스트잇은 처음부터 메모지 용도로 개발된 것이 아니다. 포스트잇의 개발자는 3M의 연구원이자 젊은 화학자인 스펜서 실버였다. 그는 강력 접착제를 개발하던 중 우연히 접착력이 약한 접착제를 만들게 되었는데, 잘 붙기도 하고 잘 떨어지기도 하는 신기한 접착제였다. 그는 즉시 사내에 보고했으나 반응은 좋지 않았다.

같은 3M 연구소에서 근무하는 연구원 아서 프라이는 교회 성가대에서 연습하던 어느 날, 악보에 끼우는 서표가 자꾸 떨어지게 되면서 불현듯 '실버의 접착제를 사용하면 어떨까?' 하고 생각해 보았다. 그는 고민 끝에 접착제를 바른 종잇 조각을 개발하기로 하고 접착제의 강도를 계속 보완하여 결국 오늘날의 포스트잇을 만들어냈다.

이렇게 포스트잇은 대기업의 비서들부터 학생들까지 간단한 메모와 일정 표시에 더할 나위 없이 좋은 제품이라며 너도 나도 사기 시작하였다. 접착제로 만들다 실패했던 케이스에 사소한 아이디어 하나를 더한 결과, 3M의 포스트잇은 미국은 물론 전 세계에서 주목받으며 연평균 10억 달러의 매출을 올리는 대박 상품으로 거듭날 수 있었다.

3M의 CEO였던 윌리엄 맥나이트도 포스트잇의 성공을 계기로 직원들의 아이디어를 끌어내는데 주목하게 된다. 그래서 그는 개개인의 의견을 다 같이 공유할 수 있도록 어떤 아이디어가 채택되면 재무팀, 마케팅팀, 제조팀이 함께 모여 작은 회사를 만드는 '제품 챔피언 제도'나 직원들 근무시간의 15%를 개인적인 흥미나 취미에 사용할 수 있도록 하는 '15% 룰' 등의 제도까지 만들면서 아이디어를 발현시키기 위해 노력했다.

이렇듯 아이디어는 기업의 생사를 결정짓는다. 내가 Idea에 집착하는 이유다. 당신은 포스트잇을 접착제를 개발하는 과정에서의 실패로 보겠는가?

아이디어는 관점이자 보는 시각이다. 그래서 너무 진지하면 안 되는 것이다. 기업엔 필연도 있지만 이것은 우연에서 나온 것이다. 필연은 이성적이고 우연은 감성적이고 느낌이다. 그래서 아이디어는 필연에서 시작하지만 우연에서 탄생한다. 그래서 우리는 이러한 관점을 견지하며 더욱 우리의 뇌를 몰랑몰랑하게 만들어야 한다.

아이디어 탄생의 프로세스는 무엇이며, 기업의 창의력 개발을 위해 기업은 어떻게 해야 하는가?

나는 Idea 탄생의 프로세스로 'S-D-W 모델'을 꼽는다. 이것은 우리를 몰랑몰랑한 상태로 인도한다. 이는 Sponge-Digest-Weave의 줄임말로 각 단어의 앞 글자를 따서 붙인 이름이다.

아이디어를 도출하는 첫 번째 단계는 Sponge다. 이 단계는 스펀지가 물을 빨아들이듯이 자신의 스펙트럼을 넓혀 자신을 자극하고 채워가는 단계로 다양한 경험과 학습을 통해 정보와 지식을 흡수하는 과정을 의미한다. 자신에게 알맞게 섭취하려면 무언가를 보거나 알게 되었을 때 의문을 가지고 질문하고 확인하는 자세를 가지는 것이 좋다. 창의력은 무에서 유를 만드는 것이 아니다. 남들이 생각하지 못한 것을 생각해 내는 것은 자신에게 맞게 섭취된 것들이 상호작용을 일으키고 숙성되는 과정에서 일어나는 것이지, 이 과정이 없으면 아이디어도 나올 수 없다.

두 번째 단계는 Digest다. 이 단계는 스펀지처럼 빨아들인 정보와 지식을 자신의 것으로 체화하는 과정이다. 이 단계에서는 습득한 지식과 정보를 곱씹어 보고 실제로 적용해 보고 다양한 방법으로 연결해 보면서 그 속에서 어떤 상호작용이 일어나는지를 점검하고 성찰하는 것이 핵심이다. 책을 많이 읽는데 아이디어가 안 나오는 사람은 체화할 줄 모르는 것이다. 그냥 기능적으로만 빨아들인 것이다.

마지막 세 번째 단계는 Weave다. 이 단계는 자신이 체득한 정보와 지식을 바탕으로 아이디어를 도출하는 과정을 말한다. 아울러 아이디어를 구현해 새로운 무언가를 만들어내는 것까지를 포함한다. 미국의 영화 배우이자 코미디언인 론 화이트가 "삶이 당신에게 레몬을 준다면 당신은 레모네이드를 만들어야 한다"라고 말한 그대로다. 레모네이드라는 아이디어를 떠올리고 실제로 만들어보는 것이다.

아이디어는 실행을 통해 구체적 성과물로 나타나야 비로소 온전한 가치를 인정받을 수 있다. 이처럼 개인이 S-D-W 프로세스를 이어지는 흐름의 맥락으로 이해하고 실행하면 몰랑몰랑한 상태로 창의적인 아이디어를 발현해낼 수 있다.

관점을 바꿔 기업의 입장에서 보자. 새로운 아이디어를 내는 능력을 우리는 창의력이라 부른다. 기업의 창의력은 어떻게 개발해야 할까? 우선 기업은 구성원들에게 학습 기회를 주고 스스로 자기 성장을 실현하는 학습 조직Learning Organization이 되어야 한다. 그다음엔 체험을 주는 것이다. 직원들이 아이디어를 낼 수 있도록 인풋Input을 집어넣어 줘야 한다. 구성원들이 휴가도 가고, 여행도 가고, 책도 사서 봐야 하고, 사람도 만나야 아이디어가 나온다. 공짜 점심은 없는 것이다. 당연한 진리인데 많은 이들이 간과하고 있다.

3M도 직원들에게 학습과 체험을 주는 데 집중했다. 나 같은 경우도 3M이 없었다면 존재할 수 없었다. 나는 대학을 나와서 처음에 3M의 수세미 세일즈맨을 했다. 그런데 12년 만에 미국 본사 Global Manager로 가며 글로벌 비즈니스를 체험했고 39세에 분사된 이메이션의 CEO를 경험했다. 회사는 나에게 교육 투자뿐만 아니라 전천후 지원을 해주었다. 그들은 내게 차도 사주고 집도 사주는 등 복지 혜택도 많이 주었다.

이렇게 전폭적인 투자를 아끼지 않은 3M이 있었기 때문에 나 또한 3M에서 'Idea Doctor'로서 성장할 수 있었고 IMF 시절엔 적자를 기록하던 회사를 흑자로 전환하며 3M을 구해냈다. 결국 기업의 창의력은 구성원들에게 학습과 체험을 주는 것에서부터 오는 것이다.

직접 기업을 경영해 보면서 겪었던 어려움과 이를 극복해 내게 했던

　　이메이션코리아가 3M에서 분사된 지 얼마 안 됐을 때 IMF가 터졌다. 그동안 우리나라 금융 기관과 기업에 자금을 대 주던 다른 나라 기관들이 외환, 즉 달러를 한꺼번에 되찾아 갔다. 나라에 외환이 없어 다른 나라에 빌려 온 돈을 제때 갚지 못하니 원화는 휴지 조각이 되고 환율은 미친 듯이 상승했다.

　　이메이션코리아 입장에서도 외상을 갚아야 하는 돈이 있었는데, 당시 달러 환율이 달러당 600원에서 1,500원으로 상승해 버리니 자연스레 외상 매입금Account payable이 3배로 뛰어버렸다. 기존 자본금은 전부 잃었다. 추가로 이메이션 미국 본사에서 자본금이 들어오지도 않았다. 자본금이 잠식된 것이다.

　　우리는 미국 본사에서의 자본금 지원을 기다리지 않았다. 우리 스스로 이 문제를 해결하고자 노력했다. 그리고 나는 고민 끝에 시장에서 파는 우리 Storage 제품들 가격을 다 올려버렸다. 부서장들은 불황인데 가격을 올리면 더 팔리지 않을 것이라며 모두 반대했다. 경기가 위축되면 수요 자체는 줄 것이기 때문에 일반 사람들은 매출이 줄어들 것이라 생각하지만, 항상 그런 것은 아니다.

　　나는 판매량은 늘리지 못할지라도 전체 매출과 영업 이익을 늘리자는 아이디어를 떠올렸다. 실제로 가격을 올린 다음 사무실, 인건비, 판촉비, 광고비와 같은 비용들은 줄어나갔다.

그다음 해부터 우리의 재정은 자본금 잠식 상태에서 영업 이익률의 20% 상승을 기록하는 흑자로 전환됐다.

세상을 뒤집는 아이디어를 내고자 하는 예비 CEO에게 해주고 싶은 조언은 무엇인가?

세상을 뒤집는 아이디어에는 두 가지 방식이 존재한다. 하나는 한 방에 뒤집는 방법이다. 획기적인Break Through 아이디어가 그것이다. 또 하나는 축적의 힘이다. 계속 쌓고 올리다 보면 뒤집어지는 것이다. 혁명과 진화라는 개념도 그렇다. 혁명은 Revolution이고 진화는 Evolution이다. 이 둘의 차이는 단지 'R' 차이뿐이다. 즉, Revolution은 Evolution이 있을 때 가능하다. 진화가 없는 혁명은 혁명이 아니다. 진정한 혁명은 진화가 연속될 때 이뤄진다. 한번 갖고 안 되는 것이다.

나는 축적의 힘을 믿고 꾸준하게 아이디어를 찾아 여행하라고 권하고 싶다. 너무 한 방만 찾고 다니면 한 방은 탄생하지 않기 때문이다. 홈런 타자는 많이 휘두른다. 근데 "나는 홈런 아니면 안 칠 거야" 하면 그건 정신 이상자다. 많이 쳐야 홈런이 나온다. 그런 원리다. 그래서 아이디어를 많이 내야 한다.

인간은 다-지능자Multi-Intelligence다. 처음에는 한 우물만 파다가도 나중에는 다양한 관점에서 다양한 분야와 영역을 파야 시야가 넓어지고 새로운 아이디어가 나온다. 하나만 파고 있으면 이것도 안 되고, 저것도 안 된다.

PART 3

외부의 위협에
대비하기

제8金

국세청
세무조사에
대비하라
(세금폭탄 피하기)

조면기
MG세무조사컨설팅 대표이사

조면기 대표이사는 세무조사로부터 고객의 꿈을 지키는 파수꾼의 역할을 하고자, 28년간 국세청에 몸담았던 경험을 바탕으로 MG세무조사컨설팅이란 국내 최초의 세무조사 분야 브랜드를 만들어 창업하였다. 국내 최초로 ENTI 모의 진단모의 세무조사 경험 솔루션을 개발하여 기업들의 합리적인 절세를 돕고 있다.

오프라인의 경험을 살려 비대면 온라인 AI 모의 세무진단 '세무야'를 개발하고 디지털 대전환 시대에 절세의 지도를 바꾸어 가고 있다. 이러한 성과로 2021년 제37대 대한민국 신지식인으로 선정되었다.

그는 세무대학3회을 졸업하고 국세청 입사를 시작으로 조사 분야에서만 15년을 근무하였다. 서울 종로, 중부, 서초, 성동, 용산세무서 등을 거친 후 서울청 조사 1국과 조사 4국에서 세무조사 상위 0.01% 실적을 올린 세무조사 분야의 엘리트다. 주요 프로젝트로는 '조선일보', '현대건설', '현대상선', '씨티은행', 'AK 백화점', '파이시티' 등이 있다.

연세대 세무경영 최고위 과정, 울산 경상일보 세무 최고위 과정, 세무조사 대비 자문 위원으로 활동하고 있고, 국가 세무 발전에 기여한 공로로 모범 공무원 국무총리상을 수상했다. 2021년 벤처 기업으로 선정되었고, 중소벤처기업부 장관 표창을 수상했다.

국세청 조사국 근무 당시 성장 가능성을 가진 기업들이 전혀 준비되지 않은 상태로 세무조사를 받는 경우를 많이 접했다. 이렇게 추징된 세금으로 경영자가 고발당하고 유동성 위기와 폐업의 고통을 당하는 기업도 여럿이었다.

경영자가 세무조사를 대비해야 하는 이유는 이러한 리스크를 사전에 관리하고 상태를 진단하는 과정을 통해 자금을 절세하고 경영 투명성을 높여 기업의 안정적인 성장을 도모하는 데 그 의미가 있다.

경영자라면 국세청 세무조사에 대해서 제대로 알아야 한다. 가장 좋은 방법은 경영자가 직접 세무조사를 미리 경험해 보는 것이다. 그래서 MG세무조사컨설팅을 설립하고 ENTI Experience of NTS Tax Investigations Consulting 모의 세무조사 컨설팅을 통해 기업의 세무조사 대비를 돕는 일을 시작하게 됐다.

그렇다. MG세무조사컨설팅은 이제 설립 9년을 맞이한 법인이다. 세무서와 국세청 근무를 두루 거치며 공직 생활을 마감한 것은 지난 2012년. 국세청 조사관이었던 나조차도 기업의 세무조사 결과가 나오게 되면 안타까운 마음이 들 때가 많았다. 그 이유는 해당 기업 경영자가 바닥부터 올라온 노력을 너무나 잘 알고 있기 때문이고 해결책 또한 잘 알고 있지만, 사전에 도와줄 수 없었기 때문이다.

2013년에 세무조사컨설팅 회사를 설립한 이유는 이처럼 국세청 근무 시절부터 생각해왔던 일을 실행에 옮기기 위해서다. 창업한 후 국세청 조사국 출신 인력들이 합류해 세무사들을 교육했고 이러한 교육 과정을 거쳐 회사 자체적으로 국세청 조사국 수준의 조사가 가능한 세무조사 컨설턴트를 양성해서 기업의 세무조사 대비를 돕기 시작했다. 기업을 힘들게 했던 경력과 노하우로 이제는 기업을 살리는 일을 하고 있는 것이다.

세무조사 트렌드와 국세청의 조사 대상자 선정 방법은 무엇인가?

현재 유지되고 있는 세무조사의 흐름은 2013년으로 거슬러 올라가야 한다. 이때 국세청에서 세무조사강화 조직 개편이 이루어졌다. 조사국 직원은 400명이 증원되었고 조사팀은 57개가 늘어났다.

2014년엔 국세청은 3년간 총사업비 2,300억을 들여 차세대 국세 행정 시스템NTIS 구축 사업을 완료하면서 세계 최고 수준의 전산 시스템을 한 번에 전면 개편하였으며, 2016년엔 알 카포네 효과[8]를 얻기 위해 강력한 세무조사 진행하는 것으로 트렌드가 급격하게 변화하였다. 특히 인공지능과 빅데이터를 활용한 과세 검증망의 구축과 금융정보분석원FIU 정보로 추징 세액의 규모 역시 껑충 뛰었다.

고액 현금 거래CTR를 뜻하는 FIU 정보는 1,000만 원 이상의 고액 금융 거래를 했을 때 금융 기관이 FIU에 CTR을 보고하는 과정에서 의심스러운 금융 거래가 있을 시 국세청 등의 기관에 이를 제공하는 구조다. 이러한 FIU 정보를 적극 활용하여 국세청은 2020년 2조 5,000억 원에 육박하는 실적을 거두었다. 금융 거래를 활용한 탈세 중 열에 아홉은 FIU에 걸렸다는 말이 있을 정도이니 FIU 정보 효과를 톡톡히 본 셈이다. 이에 따른 세무조사 트렌드는 총 세 가지로 압축된다.

첫째, 빅데이터로 구축된 전산망을 적극 활용하여 과세 사각 지대를 해소하는 것. 둘째, 신종 호황 업종에 대한 지속적인 모니터링과 지능적이고 변칙적인 탈세에 치밀하게 대응하여 탈세 심리를 차단하는 것. 셋째, 세무조사 프로세스 혁신으로 탈세 대응 역량을 강화하는 것이 그것이다.

국세청의 조사 대상자 선정 방법은 정기 세무조사, 수시

---

8) 알 카포네 효과(Al Capone Effect) : 연 1억 달러가 넘는 소득을 기록한 마피아 보스 알 카포네가 연방소득세법 위반으로 인해 기소되어 11년형을 선고받자 1931년에만 전년의 두 배가 넘는 세금이 걷혔다. 이 때문에 탈세에 대한 강력한 처벌에 놀란 이들이 자진 납세하는 효과를 '알 카포네 효과'라고 한다.

세무조사특별 세무조사, 신고 후 사후 검증, 탈세 제보, 총 네 가지로 분류된다. 먼저 정기 조사 대상자는 조사1국세무서 조사과에서 관할하며 호황·취약 업종 법인, 법인 경비 사적 사용 혐의 금액이 많은 법인 등 18가지 유형을 바탕으로 전산 시스템에서 조사 대상이 자동으로 추출된다.

수시 조사 대상자는 조사 2국, 조사 4국 등에서 업황, 대표자 명의 위장 개연성, 증여 상속 주식 변동 등 12가지 세원 동향 특이 사항을 분석한 다음 조사 4국이 소득·지출 차이에 따라 조사 대상자를 선정한다. 신고 후 사후 검증은 '법인세 신고 도움 서비스'를 통해 선정되며, 사후 검증 간 조사 대상자의 선정 요인은 비업무용 자산 보유, 가족 인건비 계상, 가공 경비 계상 등 30개 항목이다.

탈세 제보에 의한 조사 선정 역시 조사 4국에서 관할한다. 국세청은 탈세 제보 관련 포상금 한도액을 2013년 10억 원에서 2018년 40억 원으로 상향하면서 국민이 제공한 탈세 제보를 과세에 적극 활용하고 있다. 실제로 5년간 약 7조 원의 탈루 세금이 제보로 추징되고 있으니 유의미한 효과라 할 수 있겠다.

이러한 조사 대상자 선정 방법은 경영자가 자세히 알고 있어야만 불필요한 추징 세액 지출을 피할 수 있기 때문에 반드시 세무조사 전문가의 도움이 필요하다.

"우리 회사 제대로 하고 있는데…."

"탈세, 전혀 없는데…."

아직도 대부분의 경영자가 이런 안일한 생각에 빠져있다. 그러나 국세청과 회사는 바라보는 시각 자체가 다르다. 대표, 회계팀, 세무사는 비용 중심, 이익 중심, 납부 세액 중심의 시야로 바라보지만 국세청은 자산, 부채, 자본 등 거래 중심, 관계 중심의 시야로 보기 때문이다.

국세청 세무조사는 정확한 체크리스트를 가지고 대비해야 한다. 수입 금액 규모, 영위 업종, 자산·부채의 급격한 증감 여부, 세무조사 수감 시기, 신고 소득률 감소 폭, 동종 업계 소득률 차이, 불부합 자료 발생 횟수, 가지급금·가수금 증감, 대표이사의 법인 카드 사적 사용, 최근 5년간 대표이사의 재산 증가 여부가 그 기준이다.

내가 경영자에게 당부하고 싶은 말은 영업에 치중하는 업무 비중의 약 10% 정도만이라도 이러한 체크리스트 관리에 할애하라는 것이다. 단 10%만 체크해도 리스크의 8~90%는 줄일 수 있다. 리스크만 줄여나가도 세무조사에 대한 막연한 불안감이나 두려움에서 벗어나 더욱 안정적인 영업이 가능하다. 국세청 세무조사에 대비한 선제적인 대응 방안으로는 대차대조표와 손익계산서 점검, 3년 추세 분석, 연도별 차이 분석, 전년 대비 30% 이상 증감 이유 적어보기 등이 있다. 특히 최고 좋은 세무조사 대비 수단은 3년 추세 분석이다. 3년 추세 분석을 통해 세무사에게 문제점 규명을 요청한 후 계좌 관리 방안, 시스템 개선, 직원 성장 등의 문제점 해결 방안을 마련해야 한다.

　　『사기史記』에는 '선즉제인先則制人'이라는 말이 나온다. 앞서 행하면 남을 제압할 수 있다는 뜻이다. 경영자에게 이러한 선제적 대응은 오랜 피와 땀의 결실이 물거품이 되는 일을 방지하게 해줄 뿐만 아니라 현재 우리 회사의 아픈 곳은 어디인지, 아픈 원인이 무엇인지 알게 되므로 이를 치유할 수 있도록 도와준다.

성장하는 CEO에게 '세무지능'이 필요한 이유는 무엇인가?

　　2020년 기준 통계에 따르면 국내 창업 기업의 5년 차 생존율은 29.2%로, OECD 주요국의 평균 생존율보다 크게 떨어지는 수치다. 작년의 경우 코로나19 등의 여파를 버티지 못해 폐업을 선언한 기업들이 늘면서 국내 기업 생존율은 더 큰 폭으로 하락할 것으로 보인다. 기업 생존율이 이러한 수치를 보이고 있는 반면, 국내 '기술기반업종창업技術 창업'은 23만 개를 달성하는 등 역대 최다 기록을 세웠다는 것이 핵심이다. 이 중에서 3분의 2 이상이 버티지 못하고 사라지는 추세인 만큼 양적 성장에서 나아가 질적 성장을 도모해야 하는 이유이다. 질적 성장을 통해 내실을 탄탄히 구축한 기업은 창업 후 3~5년 차에 사업 실패율이 급증하는 '죽음의 계곡데스 밸리'시기를 극복하여 100년 기업으로의 초석을 다질 수 있는 것이다. 이때 기업의 질적 성장을 위해 가장 필요한 요소가 바로 CEO의 세무지능 강화이다.

겉으로만 보았을 땐 재무제표도 깨끗하고 신용등급도 높은 건설한 기업임에도 불구하고 내막을 들춰보면 크고 작은 재무 위험들이 쌓여있는 경우가 많다. 이러한 위험들이 누적되면 내부적인 위기 상황을 맞기도 쉽지만 코로나19와 같은 예상치 못한 외부 위기 상황에서 발목을 잡는 원인으로 작용하기도 한다. 이 같은 상황을 잘 극복할 수 있는 힘, 즉 기업의 자체 생존 능력을 키우기 위해서는 먼저 CEO의 세무지능을 키워야 한다.

CEO가 세무지능을 키운다는 것은 회사를 객관적으로 분석하는 시각을 가질 수 있다는 것이며, 더 나아가 문제점에 대한 필요한 논리를 설계할 수 있다는 의미이다. 국세청 조사국 근무 시절 뭐가 문제인지도 모른 채 폐업으로의 위기에까지 직면한 CEO들을 보며 안타까움을 느꼈던 것이 지금 이 자리로 오기까지의 원동력이 되었다. 현재 가지고 있는 문제가 무엇이고, 그것을 어떻게 극복할 것인가?

더 높은 자리로 성장하기 위한 기업의 오너라면 반드시 알아야 할 핵심 요소이다.

세무조사 문제에 부딪히게 될 예비 CEO에게 하고 싶은 조언은 무엇인가?

급성장하는 기업의 문제는 크게 세 가지로 압축된다. 장부의 왜곡을 이해하는 과정의 부재, 세무회계 업무를 직원들에게 위임한 후 확인 절차의 부재, CFO·직원의 의견을 듣고 검증 없이 하는 의사 결정이 그것이다. 이 말은 직원들을 신뢰하지 말라는 것이 아니라 잘하고 있는지 검증은 필요하다는 이야기다.

모든 기업에는 성장통이 있다. 회사의 외형이 지속해서 성장할 때 대부분의 기업은 그에 필연적으로 수반되는 문제를 미리 대비하지 못한다. 결국 경영자들은 선택해야 한다. 세무조사에 대비해 선제적인 준비를 할 것인가? 아니면 나중에 조사 나오면 대응할 것인가? 예상 세액 10억이 책정된 기업 추징 세액이 7억이 되느냐, 1억이 되느냐는 경영자의 선택에 달려있다.

CEO 추징 예상 세액을 알면 해당 기업은 예방 접종을 해야 한다. 그 예방 접종이 바로 경영자가 미리 세무조사를 경험해 보는 것이다. ENTI 모의 세무조사과거 문제 치유 + 재무 케어 프로세스현재 및 미래 세무조사 리스크 해결로 이루어진 MG세무조사컨설팅만의 세무조사 대응 프로세스는 이를 예방할 수 있는 가장 효과적인 솔루션이다. 준비된 세무조사는 리스크가 아닌 경쟁력이 된다.

제9金

특허 괴물로부터
지식재산권을
보호하라

박종배
드림월드 국제특허법률사무소 대표이사

박종배 대표변리사는 경쟁사로부터 기업의 지식재산권을 보호하는 해결사의 역할을 하고자 34년간 특허청에 몸담았던 경험을 바탕으로 '드림월드 국제특허법률사무소'를 창업하였다. 매년 특허권과 상표권 관련 재판에서 70~80% 이상의 성공률을 보이며, 특허 법원 및 대법원 사건의 경우 90% 이상의 승소율을 자랑하는 변리사 업계의 전설이다.

그는 고려대 경영학과를 졸업하고 특허청 입사를 시작으로 공직 시절부터 일과 공부를 병행하며 충남대 특허법무대학원 석사, 배재대 일반대학원 법학과 박사를 졸업했고, 특허청 재직 중 국내 최초로 「남북한 산업재산권 법제의 비교에 관한 연구 —법제 통합을 위한 제언」에 관한 논문을 발표해 장안의 화제가 되었다.

현재 서울외국어대학원대학교 AMP인물교양 과정 지도교수로 일하고 있으며, 저서로는 『통일 한국 지식재산권의 이해』, 『기업 생존의 핵심, 지식재산권』이 있다. 전국 349개 공공기관 중 최우수 보안 분야 대통령 기관 표창, 국가 사회 발전에 기여한 공로로 녹조근정훈장을 수상했다.

경영자에게 지식재산권은 어떤 의미를 갖는가?

21세기는 '보이지 않는 것이 보이는 것을 지배하는 시대'로의 전환이 급속도로 이루어지고 있으며, 그만큼 무형 자산의 중요성이 강조되고 있다.

무형 자산의 대표 격인 지식재산권은 특허, 실용신안, 디자인, 상표 등에 대한 권리인 '산업재산권'과 음악, 미술 작품, 소설, 시 등에 대한 권리인 '저작권' 그리고 영업 비밀, 인공지능, 데이터베이스, 생명 공학 등에 대한 권리인 '신지식재산권'으로 구분한다. 이들 중, 기업의 경영과 관련된 중요한 권리는 크게 세 가지다. 첫째는 이해관계자들 간 계약에서 비롯되는 권리이고, 둘째는 특허권이며, 셋째는 상표권이다.

나는 특허나 상표를 먼저 선점하고 사용했음에도 불구하고 단지 등록증을 받지 못했다는 이유만으로 소송에서 패소하고 심지어는 폐업을 하는 안타까운 사연을 여러 번 접한 적이 있다. 그럴 때마다 억울하게 당하는 사람들이 많아져서는 안 되겠다고 생각했다. 그래서 악의적인 기업들의 증거를 찾아내고 핵심 쟁점을 서면화함으로써 억울한 기업들이 승소할 수 있도록 도와주고 있고 이에 큰 보람을 느끼고 있다.

지식재산권은 기업이 어렵게 개발한 기술의 도용 위험을 방지하고 이를 권리화해서 기업을 보호하는데 그 의미가 있다. 오늘날 사업을 하는 경영자에게는 지식 재산의 중요성을 아무리 강조해도 지나치지 않다는 사실을 꼭 말하고 싶다.

국제 특허법률사무소를 운영하면서 기억에 남는 대표적인 지식재산권 분쟁 사례를 꼽으라면 크게 5가지 사건이 떠오른다. 다음 사례들은 기업을 경영하고 있다면 언제든지 일어날 수 있는 특허권 분쟁의 일반적인 예시들이니 참고가 될 것이다.

사례 1) 특허권을 선수 친 A사 대표는 B공업사 대표에게 특허권을 침해했다는 이유를 들어 손해배상청구소송을 제기했다. B공업사 대표는 이에 대한 대응으로 A사의 특허권인 '침대피의 장력 조정이 가능한 접철식 침대'에 대해 무효 심판을 청구함과 동시에 A사의 특허권에 속하지 않는다는 소극적 권리범위 확인 심판도 병행 청구하였다. 특허 분쟁의 1차 처리를 담당하는 특허 심판원에서는 원고 B사의 청구가 각각 기각되어 패소하였으나, 이에 불복하여 특허 분쟁의 2차 처리를 담당하는 특허법원으로의 항소, 최종적으로 대법원에 상고하였다. 각고의 노력으로 결국 특허등록 무효와 권리범위확인 심판을 모두 원고 B사의 승소로 이끌어 분쟁을 종결시킨 사건이다.

사례 2) 디자인 개발자 A씨가 개발한 디자인 '좌훈기'를 종업원으로 일하던 B씨가 무단으로 출원, 등록받은 상황이다. 그 등록을 무효로 하고자 A씨가 원고로 무효 심판을 청구한 사건으로, 특허 심판원에서 패소한 원고 A씨의 대리를 맡아 각고의 노력 끝에 특허 법원과 대법원에서 모두 원고 A씨의 승소로 이끌어 피고 B씨의 디자인 등록을 무효 시킨 사건이다.

사례 3) 경쟁 가구 업체가 'DIGX, 딕스'라는 상표를 사용하고 있던 가구 업체로부터 유사한 상표인 '딕스 가구DIGX furntiure', '딕스 갤러리DIGX Gallerly'를 무단으로 출원하여 등록받은 상황이다. 심지어 이 경쟁 가구 업체는 상대방 가구 업체 및 거래처 30여 곳에 대하여 민·형사상의 소를 제기하기도 하였다. 결국, 이 사건은 드림월드 국제특허법률사무소가 무단으로 등록받은 상표를 무효화시키고 정당한 가구사가 그 상표를 등록받을 수 있도록 함으로써 상표권 분쟁을 종결시켰다.

사례 4) 식당의 상표 '돈사돈'을 한때 식당에서 일을 도운 적이 있는 자가 먼저 무단으로 등록한 유형이다. 그는 새롭게 음식점 프랜차이즈 사업을 진행하면서 자신이 일했던 식당을 상대로 상표권 분쟁을 일으켰으나, 결국 상표를 무효로 하고 이를 정당 권리자가 등록받을 수 있도록 도와주었다.

사례 5) 특허청으로부터 상표 등록을 허가받은
사례. 국내 축산농가의 소득증대와 국내산 돼지고기
소비 촉진을 위한 사업 상표 '한돈'에 대해 심사관이 식별력이 없
다는 이유를 들며 2차례에 걸쳐 거절하였다. 그러나 우리 사무
실에서 이를 맡아 승소함으로써 상표 등록이 허가된 사건이다.

**특허 분쟁으로 인해 곤경에 처하는 기업이 많다. 기업은 특허 분쟁에
어떻게 대항할 수 있는가?**

글로벌 시대를 맞아 사업을 영위해 나가는 데 있어서 특
허는 이제 기업의 가장 강력한 무기가 되고 있다. 이러한 특허를
중심으로 한 다양한 IPIntellectual Property 비즈니스 중에서 특허
괴물Patent Troll, 즉 NPE[9]는 특허를 활용한 생산 활동이나 서비스
활동을 전혀 하지 않는다. 이들은 단지 보유한 특허를 이용해 금
전적 이득만을 추구하며 한국의 기업들을 주요 공격 대상으로
삼고 있다. 따라서 특허 괴물의 공격으로부터 우리 기업의 피해

---

[9] NPE : Non-Practicing Entity, 특허 전문 기업

를 줄이고 사업에 도움을 주고자 이에 대항할 방법을 다음과 같이 제시한다.

첫째, 당황하지 말자. 특허를 침해했다고 주장하는 NPE에 당황해서 섣불리 사과한다면 소송 전 합의로 해석될 수 있는 여지가 생긴다. 그들이 제기하는 요구는 소송이 접수되기 전에 사라지는 경우가 대부분이다. 그러므로 우선 당황하지 않는 것이 중요하다.

둘째, 관심을 주지 말자. 아무것도 하지 않음으로써 특허 침해 경고장의 위협을 해결하는 경우도 있다. 이러한 무대응 전략의 경우에는 먼저 NPE의 수준이 어느 정도인지, 대응 안 해도 문제는 없는지 등 정확히 상황을 파악해 보는 것이 좋다.

셋째, 비즈니스 감각이 있는 변리사와 꾸준히 협력하자. 지식재산권 분야는 복잡하고 전문적이어서 직접 알아보거나 판단하기 어려운 부분이 많기 때문에 전문가에게 자문을 받는 것이 좋다. 혼자 해결하기보다는 장기적이고 전략적인 비즈니스 파트너가 될 수 있는 변리사와 함께 문제를 해결하는 것이 바람직하다.

넷째, 나와 상대의 제품을 분석하자. 내 제품의 구성 요소와 상대 특허권의 구성 요소를 분석한 다음 구성 요소 대비표를 만들어서 비교해 보자. 만약 하나라도 대응되지 않는다면 비침해일 가능성이 커지고 이는 소송에서 빠져나올 수 있는 열쇠가 될 수 있다.

다섯째, 특허 소송을 건 상대가 누구인지 확인하자. 이는 중요한 정보가 될 수 있으므로, 미 국무부 웹사이트assignments. uspto.gov를 이용하여 해당 특허 소유를 확인함으로써 소송 상대를 확인해 봐야 한다.

여섯째, 가난에 호소하자. 무엇을 주면 물러갈 것인지 물어보고 고소당한 제품으로부터 실제 이익이 없다는 것을 일깨워주는 것이 필요하며, 출시할 계획도 없다고 읍소하는 것도 좋은 방법이다.

일곱째, 팀을 짜자. 당신의 기업과 같은 처지의 동료 기업과 공동 방어 그룹을 형성하여 유능한 변리사를 선임하고 공동의 방어 전략을 실행함으로써 소송 비용을 공동 부담하는 것이 모두를 위해 유리하다.

여덟째, 철저하게 준비하자. 상대 특허에 대한 분석 보고서를 만들어서 ①비침해 논리 ②무효 자료 조사 ③회피 설계를 진행하라. 특허 무효 자료를 보유하고 있으면 상대방 보유 특허의 무효 가능성을 역으로 압박할 수 있다.

아홉째, 신중하게 전투를 고르자. 특허 분쟁이 발생했을 때 대응 가능한 방법은 여러 가지다. ①비침해 감정서 ②상대방 특허 무효 감정서 ③특허 컨설팅 ④소극적 권리범위확인 심판

⑤경고장 회신 ⑥비침해 논리 설계 후 무대응 등이 있는데, 우선순위를 정해서 최선의 대응전략을 선택하는 것이 무엇보다 중요하다고 하겠다.

열 번째, 쉬운 먹잇감이 되지 말자. 특허 괴물들은 목표를 고를 때 웹사이트를 통해 제품 사양을 살펴보고 연구하면서 당신의 제품이 그들의 특허와 엮여있다는 증거를 찾아내려 애쓴다. 그러므로 제품 기획 단계에서부터 상표, 디자인, 특허 등 지식재산권 분야에 신경을 써야 하고 제품 홍보 단계에서도 다음과 같은 사항을 참조하는 것이 좋다.

①상세 스펙 및 제품의 과한 노출 자제 ②제품 안내서 수신자 메일 리스트 관리 ③메일 리스트 가입자 주소 확인 ④텍스트 검색 금지 조치

경영자를 꿈꾸는 이들에게 하고 싶은 조언이 있다면 무엇인가?

인도의 성웅 간디께서 "자신을 변화시키고 이 사회를 변화시키고 세상을 변화시키려면 3가지 원칙, 즉 다르게 보고 Insight Different, 다르게 생각하며 Think Different, 다르게 행동하라 Practice Different"라고 했듯이 지식 재산은 다른 사람들과 분명히 차별화되어야 하고 또한 진정성을 갖추지 않으면 안 된다고 힘주어 말하고 싶다.

끝으로 쉽고 편한 길이 아닌 비록 힘들고 외롭지만, 남들이 가지 않은 길을 가면서 자신만의 스토리텔링을 만들어 가라고 조언한다.

제10숲

경쟁사 분석에
답이 있다

조서환
前 KTF 부사장

조서환 회장은 마케팅계의 살아있는 전설이다. 34년간 마케팅 현장을 진두지휘했으며, 대표적으로 애경 '하나로 샴푸', '2080 치약', KTF의 '드라마', '나' 그리고 '쇼 SHOW'를 히트 브랜드로 성공시킨 현장 마케팅의 달인이다.

그는 경희대학교 영문학과를 졸업 후 동 대학에서 경영학 석사, 박사 학위를 받았으며, 경희대학교에서 겸임 교수를 하고 있다. 애경-영국 유니레버 마케팅 전략팀장, 미국 다이알 사 마케팅 이사, 스위스 로슈 사 마케팅 이사를 거쳐, 다시 애경산업에서 마케팅 상무를 지냈다. 이후 KTF 마케팅 전략실장 상무로 자리를 옮겨 전무, 부사장을 역임했다.

그 후 (사)아시아태평양마케팅포럼의 회장, ㈜조서환마케팅그룹의 대표로서 마케팅 컨설팅은 물론 마케팅경영 최고위 과정을 운영하면서 후학 양성에도 많은 힘을 쏟고 있다.

저서로는 『근성, 같은 운명 다른 태도』, 『모티베이터』, 『대한민국 일등상품 마케팅 전략』, 『마케팅은 생존이다』 등이 있다. 또한 전경련 우수 강연상, 능률협회 경영인 대상, 경희대 경영인 대상, 매경&카이스트 최우수 논문상 등을 수상하였으며 KBS 아침마당, 강연100도씨, 새롭게 하소서 등 방송에도 다수 출연했다.

통상 신제품을 개발하고 공략 포인트를 정할 때 대부분 자기 회사의 강·약점과 유통 장악력, 브랜드 파워 등에 대해서는 잘 알고 있다. 내 회사는 내가 가장 잘 알기 때문이다. 이는 전략을 세우는 데 중요하긴 하지만, 크게 작용하지는 않는다. 마켓 리더로 나아가는 핵심은 '나를 안다고 하면, 경쟁사는 어떻게 분석할 것이냐?'다.

이는 경쟁사의 두 가지를 잘 보면 안다. 바로 경쟁사가 '무엇을 얘기하는가What to say'와 '어떻게 얘기하는가How to say'를 잘 살펴보는 것이다. 그리고 다시 고객 관점으로 돌아가서 저들이 얘기하는 것을 들어봐야 한다. 소비자들이 '뭘 얘기하는지 모르겠네?' 하면 그들의 커뮤니케이션이 잘못된 것이다.

내가 애경에서 마케팅 상무를 하고 있을 때 우연히 LG의 치약 광고를 보았다. 그들은 '치주염, 치은염, 잇몸 질환, 미백 효과' 총 네 가지를 치약에 광고하고 있었다.

"치주염에도 좋아요, 치은염에도 좋아요, 잇몸 질환에도 좋아요, 미백 효과에도 좋아요."

이렇게 만병통치약으로 얘기하는데 소비자 입장에서 들어보니까 귀에 하나도 들어오지 않았다. 오히려 '저게 무슨 얘기지?', '저게 파라돈탁스 얘긴가?', '구강질환제 얘긴가?' 하는 생각만 들었다. 나는 '내가 소비자라면 저걸 치약 광고로 볼 것인가?'를 우선 생각했고 이를 치약 광고라고 인식한다면 '저걸 정상적인 광고로 보겠는가 아니면 과대광고로 보겠는가?'를 점검했다. 그리고 치약은 생활용품인데 저걸 입안의 구강 질환을 다 치료하는 것처럼 광고하는 것이 소비자 입장에서는 과대광고라 판단했다. 그리고 다시 나에게 질문을 던졌다.

"너는 치약을 왜 쓰니?"
"양치하려고요"

끝이었다. 양치하는데 거기다 잇몸 질환이니 이런 광고를 한들 소비자에게 선택되겠는가? 설령 그 메시지가 소비자에게 전달되어도 엉뚱한 측면으로 전달되는 것이다. 거기에 힌트를 얻어 나는 직원들에게 한 단어로 표시하라고 지시했다.

"여러 단어를 쓰지 말고 애경이 원하는 하나만 소비자에게 심어라. 그게 가장 중요한 단어일 것이다."

바로 실행에 옮겼다. 치약을 만들었고 저들과 반대로 여러 말하지 않고 한마디만 했다. 그 한마디는 뭘까? '치약'이라는 단어 그리고 '그 브랜드가 어떤 치약'이냐는 것이었다. 그래서 '2080 치약'이라고 마케팅한 것이다. 치약에서 가장 중요한 핵심 가치는 양치였고 2080은 그걸 풀어준 것이다.

"20세의 건강한 치아를 80세까지"

또 정확히 얘기하면 치아가 20개이기 때문에 20개의 치아를 80세까지 건강하게 지킨다는 암시적인 의미도 넣었다. 반응은 뜨거웠다. 역시 소비자들은 빨리 이해를 했고, 재밌어 했다. 리서치 결과, 치약을 사러 간 소비자들은 많은 치약을 봤는데 다른 건 기억이 안 났다고 응답했다. 치주염, 치은염, 잇몸 질환은 기억에서 사라졌고 2080 하나만 보고 2080 치약을 집어갔다.

결국 전 세계에서 꼴찌로 나온 2080 치약은 출시 1년 만에 페리오, 죽염 등 치약 강자들을 다 눕히고 시장 점유율 1등이 되었다. 이는 경쟁사의 약점을 분석하고 활용한 대표적인 사례다.

경쟁사의 강점에 대해서는 어떻게 대응해야 하는가?

경쟁사의 약점을 공략하는 방법도 있지만 강점을 무력화하는 방법도 있다.

1998년에 KTF라는 회사가 생겼고 LG텔레콤이라는 회사가 생겼다. 그때 통신 시장은 SKT가 혼자서 시장을 12년째 독식하고 있었는데, KTF 내부에서도 가장 큰 난제는 "SKT를 이기려면 어떻게 해야 돼?"였다. 당시 KTF의 기기는 PCS[10]였고 SKT는 셀룰러기존 이동 전화 방식의 011로 모두 2G 시장이었다.

2G 시장에서는 오랜 시간 독보적인 지위를 누려온 SKT가 브랜드 파워와 기술 등 여러 방면에서 강점이 있었기 때문에, KTF 수도권 전략 본부장이었던 나는 생각했다.

'KTF가 3G 시장으로 가야 해. SKT는 가기 싫어해. 내가 여기 맛있는 떡 절반 이상을 다 먹고 있는데 왜 굳이 다른 시장으로 가서 맛없을지도 모르는 떡을 먹겠다고 덤비겠냐 이거야. 이것만 먹으면 안전한데. 하나만 오랫동안 맛있게 먹으면 되는데. SKT는 절대 먼저 못 가. 그리고 LG텔레콤은 돈 없어서 못 가'

그것을 우리는 안 것이다. 그래서 KTF 사장님께 말씀드렸다.

"사장님, 500억 이익을 더 냈다고 하는 사장님보다 SKT

---

10) PSC : personal communication services, 2.5세대 이동통신

누르고 1등 했다고 하는 사장님이 위대한 사장님이고 마케팅 교과서에 나옵니다. 우리는 죽어도 3G로 가야 합니다."

"나도 그 생각을 하고 있던 참이네."

그렇게 해서 임자가 없던 3G 시장에 공기업인 KTF가 가장 먼저 치고 들어간 것이다. 그때 당시 KTF가 쓰던 브랜드는 '뷰View'였다. 그러나 이 브랜드는 젊은 세대를 3G로 공략하기엔 빠르지 않았고 젊지도 않았기 때문에 사장님께 다시 말씀드렸다.

"3G 시장에 맞게 브랜드 네임 테스트를 다시 해야 합니다."

사장님의 승인이 떨어졌고 그렇게 해서 'SHOW'란 브랜드가 탄생했다. KTF는 '쇼SHOW'를 통해 공격적인 마케팅을 펼쳤고 3G 시장에서 대성공을 거두었다. 그리고 마침내 SKT를 누르고 1등을 탈환했다.

서울대학교 서비스 마케팅 교재에는 이 사례가 18페이지가 실렸다. 나는 직원들과 함께 이루어낸 SHOW 브랜드의 성과를 인정받아 KTF 수도권 전략 본부장에서 KTF 부사장으로 승진했다.

전쟁에서 이길 수 없다면 전장을 바꿔보라. 불리했던 2G 시장에서 3G 시장으로 전환해 8조 5천억의 사상 최대 실적을 낸 KTF처럼 말이다. 발차기 힘이 강점인 태권도 선수가 유도 선수와 유도 경기장에서 유도 시합을 하고 있으면 승리하기가 매우 힘들 것이다. 그렇다면 경쟁자와의 전장을 태권도 경기장으로 바꿔보라. 그러면 게임의 룰이 바뀔 것이고 경쟁자의 강점을 무력화시킬 수 있을 것이다.

경쟁사 분석으로 고민하고 있는 예비 CEO에게 하고 싶은 조언은 무엇인가?

기본적으로 경쟁사에 대해서 분석하지 않는 회사는 없을 것이다. 매출액, 제품 포트폴리오, 광고하는 아이템, 판촉을 볼륨 플러스하는 아이템이 어떤 것인지 말이다.

시장에서 승리하고자 한다면 경쟁사와 볼륨 플러스로 맞불을 놓으면 안 된다. 광고하는 아이템을 잡아야 한다. 그 속에 답이 있기 때문이다. '무엇을 얘기하는가What to say?'와 '어떻게 얘기하는가How to say?'를 잘 보면, 내가 어디로 치고 들어가야 할지를 알게 된다.

후발 주자 입장에서는 경쟁사가 광고하는 아이템을 쳐야 경쟁사의 약점을 찾아낼 수 있다. 그래서 경쟁사 광고를 그대로 넘어가면 안 된다. 분석하고, 메모하고, 읽어보고, 소비자에게 읽어보라고 해라. 소비자가 "뭔 말인지 모르겠습니다" 하면 잘못된 것이다.

또한 경쟁사들과 반대로 만들었다고 잘 만든 것은 아니다. 내가 만들었다고 생각한 광고가 '소비자에게 어떻게 느껴지는지' 물어봐야 한다. 그것이 Pre-Advertising Test이다. 그리고 '실제로 광고 집행이 됐는데 이게 진짜로 잘 먹혀들어 가는지' 검정하는 것이 바로 After-Advertising Test이다. 소비자에게 어떻게 설득되고 있는지를 보는 것이다. 그게 나이스하게 되고 있다면 그냥 밀고 나가야 한다. 이것이 경영자가 경쟁사를 분석하고 이용할 때 성공하는 프로세스다.

그러나 그렇게 하는 회사들이 거의 없다. 대부분이 만들어 놓고 잘못되면 내가 책임져야 하니까 막상 하면 못하는 것이다. 결국 실제로 경쟁은 어디서 나오느냐. 자기 가슴에서, 자기 안에서 나오는 것이다.

리더까지 가는 데는 나와의 경쟁이다. 리더까지 갔을 때 그 이상은 누구와의 경쟁인가? 결국에는 어떻게 사람들을 핸들링하는지, 어떻게 사람들을 동기유발 시키는지 그것과의 경쟁이다.

＊

블루오션을 찾아내는 것 보다
더 중요한 것은
그 바다를 지배할 수 있는 방법이
무엇인지를 알아내는 것이다.

콘스탄티노스 마르키데스, 런던경영대학원 석좌 교수

제11金

사양 산업의
위기에 대처하는
패러다임

송하경
모나미 회장

우리나라 국민이라면 누구나 사용해 봤을 검정 머리에 하얀 몸통을 가진 '모나미 153 볼펜'. 이 국민 볼펜을 만든 회사가 바로 모나미이다.

모나미는 송하경 회장 체제하에 대한민국 필기구 시장을 선도하고 있다. 송하경 회장은 연세대학교 응용통계학과를 졸업하고 로체스터 대학교 경영대학원에서 경영학 석사 학위를 취득했다. 모나미에는 1984년에 입사하여 상무, 전무, 부사장을 거쳐 1993년 대표이사 사장에 취임하게 된다.

IT 산업의 발전과 함께 국내 문구 산업은 불황기를 맞이했다. 산업 자체가 사양 산업이 되었고 위기를 맞았다. 그러나 모나미는 송하경 대표이사를 중심으로 모나미 50주년 한정판 '모나미 153 리미티드 에디션'을 출시하는 등 브랜드 고급화 전략으로 다시 승승장구하고 있다. 그뿐만 아니라 모나미펫, 모나르떼, 컨셉스토어 등의 사업을 전개하며 사업 다각화에도 앞장서고 있다.

'모나미 153 볼펜'은 무려 50년이 넘는 기간 동안 국민 볼펜으로 사랑을 받고 있다. 위기에 대처하지 못하고 사라지는 여타 단발성 히트 상품들과 달리 모나미 볼펜은 어떻게 꾸준히 성공할 수 있었는지, 그 역사와 배경이 궁금하다.

153 볼펜의 탄생은 1962년 5월 국제 산업박람회를 방문한 송삼석 초대 회장이 잉크를 찍어 쓰지 않는 필기구를 보고 영감을 받은 것에서 시작되었다.

모나미는 볼펜 개발을 위한 많은 시행착오와 노력 끝에 1963년 5월 1일 자체 기술로 국내 최초의 볼펜을 생산하는 데 성공하였다. 153 볼펜은 산업화와 현대화가 추진되던 당시 한국 사회의 변화에 발맞춰 대중의 삶 속으로 깊이 파고들게 되었다. 과거 좋은 필기구의 조건은 경제성과 효율성이었고, 출시 당시 153 볼펜도 이 점에 초점을 맞춰 디자인되었다.

부품은 보디, 구금, 노크, 스프링, 잉크 심 등 꼭 필요한 5가지로 최소화했다. 몸통은 쉽게 굴러가지 않도록 육각형으로 디자인했고, 뚜껑을 잃어버릴 염려가 없도록 노크 형 조작 버튼을 채택하였다. 가장 단순하면서도 실용적인 이 디자인은 순식간에 온 국민의 마음을 사로잡았다. 50년이 넘는 시간 동안 디자인의 변화는 없었고 국민 볼펜이라는 수식어도 붙게 되었다. 153 볼펜은 출시 59주년을 맞은 현재까지 국내외에서 약 37억 자루가 팔렸는데, 이는 일렬로 늘어놓으면 지구를 12바퀴나 돌

수 있는 수치이다.

하지만 위기가 없던 것은 아니다. 모나미에 가장 큰 위협은 산업 자체의 위기였다. 문구 산업이 사양길을 걸으며 규모가 축소되고 있고, 해외의 여러 브랜드도 국내에 진출하면서 무한 경쟁 체제에 돌입했다. 이전의 성공에만 안주해있다 보면 국민 브랜드 타이틀은 역사 속으로 사라질지도 모른다는 위기감이 들었다.

그렇기에 현재 모나미는 초기 브랜드 아이덴티티를 지키며 다양한 시도를 이어나가고 있다. 오리지널 153 볼펜의 아이덴티티를 재해석한 새로운 디자인, 무게감 있는 금속부터 가벼운 플라스틱까지 다양한 소재, 수십 가지 컬러와 패턴, 부드러운 필기감의 고급 잉크 심 등 모나미는 매번 새로운 모습을 대중에게 선보여 왔다.

소비자들 역시 친숙하면서도 한층 고급스러워진 모나미를 반겼고, 신제품은 출시 때마다 화제가 되었다. 이처럼 모나미는 다양한 소비자들의 취향을 반영해 제품 라인을 확장해 가면서 브랜드 가치를 높여 나가고 있고 과거로부터 이어져 온 영광을 이어나가고자 기존의 브랜드 아이덴티티를 유지하면서 변화의 변화를 거듭하고 있다.

사양길을 걷고 있는 문구 시장에서 모나미는 앞으로 어떤 방향으로 나아가려고 하는가? 새롭게 염두에 두고 있는 전략이나 신사업이 있는지 궁금하다.

디지털 시대가 도래하고 기술이 발전하면서 문구 시장의 규모는 자연스럽게 줄어들었다. 하지만 필기구가 가진 아날로그적 감성은 그 어느 때보다도 찬란히 빛나고 있다. 모나미의 슬로건인 '터치 오브 휴머니티Touch of Humanity'는 창립 50주년을 맞아 앞으로의 50년을 고민하며 생각해 낸 슬로건이다. 펜 사용이 점차 줄어드는 시대에 펜의 본질적인 가치에 집중하는 것이 필기구 전문 브랜드 모나미가 나아갈 방향이다.

현재 모나미는 '누구나 갖고 있는 펜'에서 '누구나 갖고 싶은 펜'을 만들자는 전략으로, 다품종 소량 생산 방식을 지향하며, 153 볼펜 출시 50주년을 기념해 은색 메탈 보디와 고급 잉크 심을 적용한 153 리미티드 에디션을 1만 자루 한정으로 선보였고, 153 아이디, 153 리스펙트, 153 블랙 앤 화이트, 153 골드, 153 블라썸, 153 네오 만년필 등 고급 펜 시장 확대에 집중하고 있다.

또한 소비자 니즈에 따라 제품을 세분화하고 다양한 콘셉트의 프리미엄 제품을 개발하고 있다. 볼펜 외에도 국내 시장에서 높은 점유율을 차지하고 있는 네임펜, 보드마카, 생활 마카, DIY 마카 등 우수한 기술력의 마카 제품군을 통해 글로벌 마카 전문 기업으로 도약하고자 한다.

지난 2015년 11월 처음 문을 연 모나미 컨셉스토어는 필기구를 통한 '경험의 가치'를 제공하고자 하는 모나미의 아이덴티티와 새로운 방향성을 보여주는 공간이다. 특히 용인시 수지의 모나미 본사 1층에 위치한 모나미 컨셉스토어에는 다양한 체험 프로그램이 마련돼 있어 만년필용 잉크를 직접 제작해 볼 수 있는 잉크 DIY 프로그램과 원데이 클래스에도 참여할 수 있다.

현재 모나미는 에버랜드, DDP, 롯데백화점 부산점과 평촌점, 합정 MCC 등에 지속해서 새로운 공간을 마련함으로써 고객과 가장 가까운 곳에서 소통하고자 적극적으로 노력하고 있다. 이외에도 인문학과 미술 활동이 결합된 미술 교육 콘텐츠와 온라인 플랫폼을 제공하는 '모나르떼', 반려동물 쇼핑몰 '모나미펫' 등을 운영하고 있다.

산업의 위기에 대처하면서 겪었던 어려움과 이를 극복한 지혜가 궁금하다.

디지털 시대에 사양길을 걷고 있던 문구 업계에서 국민 브랜드였던 모나미 역시 위기에 처할 수밖에 없었다. 이에 모나미는 2000년대 초 유통 회사로의 변신을 시도하면서 위기 대응을 꾀했다. 문구 유통 채널과 연관성이 있는 프린터 용품 시장에 진출함과 동시에 중대형 문구점에 공간을 확보해 맞춤형 프린트 서비스를 제공했다. 또한 대형 사무용품 매장인 '모나미스테이션'을 열었고, 소규모 편의점식 문구점인 '알로달로'를 프랜차이즈 형태로 확장했다.

사업 초반에는 분위기가 나쁘지 않아 사업 전망도 낙관적이었지만 문구 유통 사업의 정체가 계속되면서 지속 가능한 성장 전략과 경쟁 우위의 창출에 대해 고민하게 되었다. 이를 기점으로 디자인 컨설팅 회사인 IDEO와 협의하여, 그들만의 사고와 방법을 배울 수 있도록 직접 미국으로 직원 교육을 보냈고 'IDEO 방법론 매뉴얼'을 만들어 공유했다. 이러한 경험은 모나미의 성장을 이끌어낸 자양분이 되었다.

이후에도 모나미는 2013년도 당시 매출이 전년도보다 36.2% 급락하는 등 위기를 맞았다. 그래서 모나미는 다각화된 사업들을 축소한 후 다시 모나미의 본업인 필기구에 집중하는 전략으로 돌아가기로 결정하고, 위기를 극복해낼 방법을 고민해나갔다. 그때 떠오른 아이디어가 바로 고급화 전략이다.

사실 1990년대에 이미 모나미는 독일, 일본제 수입 펜에 맞서기 위해 고급 펜 제품을 내놓았다가 한 번 실패했던 적이 있었다. 30년 이상 회사의 얼굴이었던 153 볼펜이 발목을 잡았기 때문이다. '몇백 원짜리'라는 벽을 넘지 못했다. 그러나 이번에는 20여 년 전 무턱대고 제품을 내놨다가 쓴맛을 본 실패의 경험을 자산으로 삼고, 디자인과 이미지에 초점을 맞추었다.

그동안 '얼마나 좋은 제품'인지를 강조했다면 이번에는 '얼마나 있어 보이는 제품'인지를 내세웠다. 롤렉스, 오메가 같은 명품 시계가 성능을 내세우지 않지 않는가. 이러한 아이디어를 수렴한 끝에 모나미는 고급스러운 소재로 소장 가치를 높인 153 리미티드 에디션을 출시했다. 그 결과, 1만 원 이상 고급 볼펜 매출이 전년 대비 92% 상승하는 등 시장에서의 반응이 매우 좋았다.

이처럼 외부의 영향을 받아 수익률이 떨어지고 성장이 정체되며, 산업 전체가 타격을 입을 가능성은 언제나 존재한다. 그러나 나는 사양 산업이라고 여겨지는 산업도 시스템의 혁신이라든지 마케팅 능력을 배양하는 방법으로 얼마든지 고부가가치 산업으로 탈바꿈할 수 있다고 믿는다. 사양 기업만이 있을 뿐 사양 산업은 없는 것이다.

사양 산업의 위기를 돌파하고자 하는 예비 CEO에게 해주고 싶은 조언은 무엇인가?

경영자가 현재의 위기를 극복하기 위해서는 지금까지와는 다른 관점에서 접근하고, 소비자들의 숨겨진 니즈를 파악하고, 시장을 개척해 나가는 새로운 도전이 필요하다. 또한, 낮은 성장률에 안주하지 않고 적극적으로 변화하려는 노력을 기울여야 한다.

어느 산업이나 사양 산업이 될 수 있고, 또 그 안에서는 무너지는 기업과 환골탈태하여 다시 승승장구하는 기업이 생겨나기 마련이다. 그 차이점은 소비자 개개인이 가지고 있는 특별한 욕구와 새로운 가치 요소를 발견하고자 하는 태도에 있다. 이러한 태도와 의지를 가진 경영자라면 사양 산업에서의 위기를 돌파하는 것은 물론 환골탈태한 모습으로 새로운 시대를 열어갈 수 있을 것이다.

❄

안에 없으면
밖에 나가서 찾아라.
밖에서 찾은 것은
반드시 안으로 가지고 들어와라.

최계월, 코데코그룹 총회장

PART 4

차별화 전략과
충성 고객 만들기

제12金

마케팅 경영과
10만 고객
양병 전략

이기왕
前 하림 마케팅 총괄 상무

이기왕 대표이사는 당시 500억 정도의 B2B 닭고기 전문 기업이던 하림에 입사하여, 마케팅 총괄 업무를 수행하면서 오늘날 매출 10조 이상의 하림그룹이 되기 위한 토대를 만들었던 한국에서 저명한 마케터이다. 대표 히트 제품으로 하림의 '용가리치킨', '치킨너겟' 등이 있다.

그는 건국대학교에서 경영학을 전공하고 동 대학에서 경영학 석사와 박사 학위를 취득하였다. 한독약품에서 영업·마케팅 업무를 시작한 이래, ㈜하림 총괄 마케팅 상무를 끝으로 23년간 영업·마케팅 분야에서 경험을 쌓고, 이후 ㈜넥서스창업투자 대표이사, 나드리화장품 대표이사를 역임하였다.

이후 ㈜비즈스타컨설팅 대표이사로서 십수 년간 마케팅 전문 컨설팅 회사를 운영하며, 다양한 형태의 기업을 대상으로 경영 및 마케팅 컨설팅을 하고 있고, 농림부를 비롯한 전국 지방자치단체의 마케팅 컨설팅 업무를 하고 있다.

숭실대학교 중소기업대학원 주임 교수, 남서울대학 유통학 강의 겸임 교수, KMA 한국마케팅협회 마케팅 전략 연구소장 임무를 수행하는 등 41년간을 경영 현장에서 수많은 경력을 쌓아 왔고 현재까지도 왕성한 활동 중이다.

저서로는 『14인 마케팅 고수들의 잘난 척하는 이야기』, 『중소기업의 마케팅 성공 전략』 등이 있으며, 2017년 대한민국 마케팅 개인 브랜드 대상을 수상하기도 했다.

기업은 어떻게 고객을 유치하고 유지할지 고민할 수밖에 없다. 하림은 어떤 전략으로 고객을 유치하였는가?

고객이라는 개념은 크게 Customer, Client, 그리고 Fan. 이렇게 세 가지로 정의할 수 있다. Customer는 넓은 의미의 불특정 다수로 구성된 고객, Client는 우리 브랜드를 알고 있는 고객, 마지막으로 Fan은 나를 사랑해 주는 고객을 의미하며 이 Fan들이 기업에서 가장 중요하게 생각하는 핵심 고객이라고 할 수 있다.

과거에는 Customer나 Client를 타깃으로 하는 넓은 범위의 매스 마케팅Mass marketing에 집중했다면 요즘에는 핵심 고객에게 집중하는 마이크로 마케팅Micro marketing, 그중에서도 우리 브랜드를 사랑하는 Fan들을 콕콕 집어내서 1대1로 마케팅을 하는 핀셋 마케팅의 시대라고 할 수 있다.

사실 과거의 하림은 B2B 기업이었기 때문에 Fan에 집중하는 기업과는 거리가 멀었다. 물론 그 당시의 하림도 생존에는 문제가 없을 정도로 매출이 잘 나기는 했지만, 성장률에 정체가 생기기 시작했고 앞으로의 성장성에도 의문이 생기기 시작했다. 이에 오너가 B2B 기업으로는 미래에 살아남을 수 없다고 판단하여 B2C 기업으로 전환을 추진하고 더 나아가서 지속 가능한 기업이 되기 위해 브랜드 마케팅에 투자하게 되었다.

결국 최종 고객End User들을 찾아내기 시작한 것인데, 이를 위해 하림은 '핵심 고객 10만 양병 전략'을 취하게 된다. 이 전략은 우리 브랜드를 최대한 많은 Customer나 Client에게 알리는 것도 중요하지만 우리를 정말 사랑하는 핵심 고객들을 찾아내고 그 고객들의 입소문을 통해 우리 브랜드를 홍보하는 전략이다.

다시 말해, 10만 명의 핵심 고객을 찾아내고 그들이 자발적으로 100만 명 이상의 지인들에게 우리 브랜드를 알려서 짧은 기간에 수백만 명의 우호 고객을 확보하고 사업을 전개하는 효과적인 전략이었다고 할 수 있다.

하림에서는 이 10만 명의 핵심 고객을 규정하기 위해서 다양한 단계를 거쳐 고객들의 세그먼트를 세밀하게 나눴다. 데이터 마이닝을 해 본 결과 닭고기에 관심이 많은 대부분의 사람이 여성 고객으로 나왔기 때문에 1단계로 하림의 고객을 '대한민국의 모든 여성'으로 나눴다. 주로 조리하는 사람들의 대부분이 여성이었기 때문이다.

2단계에서는 '자녀가 있는 27세~40대 중반의 기혼 여성, 특히 주부, 영양사 그리고 조리사' 등으로 세분화했고 더 나아가 그중에서도 소득 수준이 높고 중산층 이상이 밀집한 '강남이나 분당 등 신도시에 사는 주부'들을 타깃으로 설정하게 되었다.

그다음부터는 이 세분화된 고객들을 우리의 핵심 고객으로 만들기 위해서 앞서 언급했던 핀셋 마케팅을 실행에 옮겼다.

먼저 인터넷에 하림의 닭고기 카페인 '꼬꼬댁' 카페를 팬클럽처럼 개설하여 그 카페에 모인 소비자들과 웹상에서 1:1 대화를 하거나 무료로 닭고기 요리의 레시피를 공유, 각종 행사의 초대장을 보내는 등의 방법으로 많은 고객을 충성 고객으로 만들게 되었는데, 결국 이를 통해 '핵심 고객 10만 양병 전략'을 성공적으로 이행할 수 있었다.

하림이 보여준 핵심 고객 유치 전략은 자금력이 부족한 B2B 중소기업이 성공적인 B2C 기업으로 Shift하려는 경우엔 반드시 거쳐야 하는 필수 과정이라고 생각된다.

이기왕 대표가 생각하는 차별화란 무엇이며, 하림의 경우 차별화 전략을 어떻게 실행해왔는가?

차별화Differentiation란 여러 상품 중에서 자사의 상품이 소비자에게 선택받기 위해 다른 상품들과의 뚜렷한 차이를 소비자에게 각인시킨다는 개념이다. 즉, 차별화는 '어떻게 하면 옛날에 하지 않은 방법, 남들이 하지 않은 방법으로 해볼까?'하는 고민에서 시작한다. 그래서 차별화에 대한 근거는 기존 상품에 대한 철저한 시장 조사에서 나올 수밖에 없다. 기존 상품에서 소비자들이 불편해하는 점Pain Point을 보는 것이다.

하림의 경우 기존의 닭고기 상품들이 전부 재래시장이나

백화점의 좌판대 위에 쌓인 채 판매되
고 있었기에 우리는 그 상품들이 '비위
생적'이라는 Pain Point에 주목했다. 선
진국에 가보니 이렇게 팔고 있는 데가
단 한 군데도 없었기 때문이다. 그래서 하림은 먼저 닭고기를 한
마리씩 위생적으로 포장해서 소비자가 안심하고 구매할 수 있
게 만드는 '패키지의 차별화'를 꾀했다. 그리고 이와 함께 닭고기
에 KS Korea Standard 인증 마크를 농·식품 중에서 최초로 획득하
여 다른 제품과 차별화하는 '콘셉트의 차별화'를 더했다.

그 결과 품질에 대한 소비자의 신뢰를 높이고 빠른 시간
내에 전국의 주요 유통망을 장악할 수 있었다. 이처럼 하림은 소
비자들의 Pain Point를 찾아낸 다음 이를 해소하는 차별화 전략
을 수행하여 시장에서 1위를 수성해왔다.

하림의 히트 제품인 '용가리치킨'과 '치킨너겟'의 성공 비결은 무엇
인가?

'용가리치킨'은 그 당시 미국에서 큰 인기를 얻었던 'Fun
치킨'을 벤치마킹해서 가져온 제품이다.

우리는 애초에 이 제품을 '공룡 치킨'이라는 이름으로 출
시를 하려고 했으나, 그 시기에 심형래 감독의 영화인 '용가리'가

큰 히트를 쳐서 이 용가리 브랜드 사용권을 사 왔고 결국 용가리 치킨으로 브랜딩 하게 되었다. 그리고 남자 아이들이 로봇이나 공룡을 좋아하는 특성이 있다는 것을 파악하고 용가리치킨의 핵심 세그먼트를 '7세에서 12세의 공룡에 관심이 많은 남자 아이'로 특정하게 되었다.

그런데 제품 포지셔닝을 진행하려고 보니 하림에는 이미 '치킨너겟'이라는 히트 상품이 있었다. 따라서 이 치킨너겟과의 자기잠식 효과(Cannibalization Effect)[11]를 방지하기 위해서는 기존 제품과 차별화된 포지셔닝이 필요했다. 그래서 기존에 있던 치킨너겟은 '밥상에서 남녀노소 맛있게 먹을 수 있는 영양 반찬'으로 포지셔닝을 바꾸고 용가리치킨을 '스낵, 아이들의 간식'으로 포지셔닝 해서 소비자들에게 사용 용도를 지정해 줌으로써 두 제품의 충돌을 방지하고자 노력했다.

하지만 용가리치킨의 주 타깃인 7세에서 12세는 구매력이 없기 때문에 부모님이 반찬으로 치킨너겟을 구매할 때 옆에

---

11) 자기잠식 효과(Cannibalization Effect) : 새로 내놓는 제품이 기존의 자사 주력상품의 고객을 빼앗아 가는 현상

서 용가리치킨을 같이 사도록 조르게 만드는 인플루언서 활용 전략을 펼치게 되었다.

앞서 말한 전략을 토대로 프로모션도 착착 진행해나갔다. 먼저, 용가리치킨 출시 초창기에는 몇몇 초등학교를 지정하여 무료로 제품을 제공하고 아이들에게 용가리 모양의 치킨이 있다는 것을 인지시켰다. 그 후로 '뽀뽀뽀'와 같은 어린이 프로그램 사이에 광고하며 아이들로부터 브랜드를 알리기 시작했다.

이와 반대로 치킨너겟은 주부들을 메인 타켓팅하여 주부들이 드라마를 많이 보는 시간에 광고를 넣어 '가슴살로 만든 건강한 치킨'이라는 것을 강조하였다. 또한, 용가리치킨의 경우 용가리의 여자 친구로 용나리를 만들고 제품 포장지에 용가리와 용나리 캐릭터를 넣어서 스토리 마케팅을 진행함과 동시에 제품 안에 다섯 종류의 공룡 장난감을 넣어서 아이들이 이것을 다 모으면 상품을 주는 굿즈 마케팅을 진행했다.

빠르게 반응하는 아이들답게 시장의 반응은 매우 뜨거웠고 마트 안에 아이들이 모여서 용가리치킨 안에 어떤 장난감이 들어있는지 들여다보고 구매하는 진풍경이 벌어지기도 했다. 이러한 완벽한 STP 전략[12]과 지속적인 프로모션의 결과로 용가리치킨과 치킨너겟은 자기잠식 효과를 피하면서 매년 30% 이상

---

12) STP : Segmentation, Targeting, Positioning, 기업이 개별 고객의 선호에 맞춘 제품 혹은 서비스를 제공하여 타사와의 차별성과 경쟁력을 확보하는 마케팅 기법.

의 성장률을 기록, 두 제품 모두 하림의 베스트셀러이자 스테디셀러 제품이 되었다.

기업의 마케팅을 총괄하며 겪었던 어려움과 이를 극복했던 지혜가 궁금하다.

하림에서 마케팅을 총괄하기 시작했을 때 하림은 B2B 기업에서 B2C 기업으로 전환하는 과정에 있었는데, 출발부터 어려움을 많이 겪었었다. 이미 기업의 모든 구조가 B2B 기업으로 맞춰져 있었고 대부분의 직원이 B2C 기업에 대한 경험이 적었기 때문이다. 하지만 더 문제였던 건 직원들의 사고 방식이 B2C 기업의 직원들과 너무나 달랐기 때문에 이들의 생각 구조 자체를 뜯어고쳐야 한다는 점이었다.

결국 체질 개선을 위해 신규 사업인 육가공 사업을 추진할 팀을 완전 새로운 조직으로 구축하기 시작했고, 조직의 역량을 키우기 위해서 마케팅 교육에 막대한 투자를 해나갔다. 회사 내에 '하림 마케팅 스쿨'까지 설립하여 모든 직원이 마케팅부터 홍보, 경영 등의 수업을 들으면서 사고 방식을 바꾸기 위해 피나는 노력을 했다. 회사 내에서는 '회사가 무슨 대학도 아니고 허구한 날 교육만 시키느냐'는 불만도 많이 나왔지만, 그렇게 하림은 마케팅 오리엔트 회사로 변모하게 되었다.

하지만 수익을 내기까지는 약 8년에서 9년 정도의 시간이 걸렸고, 이 어두운 터널을 통과하기까지 하림은 수많은 역경과 풍파를 겪었다. 제일 먼저 공급 과잉으로 인한 육계 파동이 일어났다. 육계 값은 사육 원가의 반 이하로 폭락했고 매출을 올려봐야 회사 수익은 나지 않았으며 급여는 6개월 이상 밀리기도 했다. 간신히 이 위기를 극복하고 나자 이번엔 조류독감 사태가 터져 매출이 10분의 1 이하로 떨어지고 다시 한번 급여를 6개월 이상 주지 못하는 상황이 발생했다. 심지어 2005년도에는 공장에 큰불이 나서 회사의 존립 자체가 어려울 지경이었다. 어쩔 수 없이 뼈를 깎는 아픔으로 많은 부문에 예산을 대폭 삭감시켰다.

그 와중에서도 하림의 오너는 브랜드 마케팅 예산만큼은 절대 줄이지 않았다. 그리고 회사의 브랜드 가치를 지키기 위해 노력함과 동시에 마케팅 오리엔트 회사로서의 입지를 확실하게 다져나갔다. 뚝심으로 오랜 기간 투자한 결과 경쟁사였던 M사가 유통 채널에서의 높은 마케팅 비용이나 덤핑과 같은 출혈 경쟁을 버티지 못하고 주요 유통 채널에서 철수함으로써, 하림은 유통 채널에서 그동안 무리하게 집행했던 마케팅 비용을 효율적으로 집행하여 오랜 적자에서 흑자로 전환할 수 있는 계기를 마련했다.

결국, 지속적인 조직의 역량 강화 전략과 브랜드 관리 및 브랜드에 대한 공격적인 투자 전략을 통해서 여러 번 닥쳤던 위기를 극복하고 오늘날의 하림 브랜드를 구축할 수 있었던 것으로 생각한다.

어느 분야에서든지 마케팅의 중요성은 이루 말할 수 없다. 하지만 오늘날 마케팅은 더는 특수 학문이 아니고 산수와 같은 기본 상식이라고 할 수 있다. 요즘 같은 정보의 홍수의 시대에서는 마케팅 관련 콘텐츠를 접하기란 어려운 일이 아니기 때문에 그만큼 경영자라면 무슨 일을 하든지 마케팅 이론 자체를 모르는 사람은 거의 없는 시대가 됐다. 그렇기에 남들과 차별화된 마케팅을 해야 살아남을 수 있는데, 여기서 강조하고 싶은 것은 바로 '호기심'이다.

경영자는 항상 호기심을 가지고 'Why?'를 생각해야 한다. 경영 고수는 시장에서 한 상품을 볼 때도 최소 5번 이상 Why를 생각한다. '이것은 왜 이렇게 생겼지?', '왜 이렇게 가격이 비싸지?' 등등 다양한 방향으로 끊임없이 풀어나가다 보면 그 제품에 대하여 남들이 보지 못한 인사이트를 얻게 될 것이고, 그 과정엔 마케팅 원리가 자동적으로 적용되게 되어있다.

다시 말해서 Why에 대한 Answer를 내기 위해서 그것을 풀어가는 과정이 마케팅이다. 결국 끊임없이 'Why?'를 생각하는 습관을 들이려고 노력을 해야 하고, 그러한 습관이 몸에 밴다면 다른 기업과 차별화되고 보다 디테일한 마케팅을 할 수 있을 것이라고 강조하고 싶다.

결국 경영 고수가 되기 위해서는 현장과 디테일에 강해야 한다. 현장을 모르고 디테일이 약하면 전략이 이론에 흐르기 쉽고 실행력이 현저히 떨어진다. 매의 눈으로 현장을 보고 수학자처럼 디테일에 강해야 살아남는다.

모든 전략에
우선하는
고객 관리
노하우는?

성경환
KTV 원장

성경환 대표이사는 1982년부터 30년을 MBC 문화방송에 몸담으며 아나운서, 차장, 1부장, 국장을 거쳐 MBC 아카데미 대표이사 사장, TBS 교통방송 대표 등을 역임한 방송인이다.

연세대학교 행정대학원에서 언론홍보학 석사 학위를 취득한 그는 2018년에 문화체육관광부 소속 기관인 KTV 한국정책방송원 원장1급 공무원에 취임하면서, 그동안 언론 현장과 학계에서 쌓은 풍부한 지식과 경험을 바탕으로 KTV 한국정책방송을 내실 있게 이끌어 나가고 있다. 한국아나운서연합회 한국아나운서 클럽상, 서울특별시장 표창, 대통령 표창 등을 수상했다.

MBC에서 아나운서 출신으로 한 계열사의 경영을 담당하는 사장의 위치까지 올라가게 된 이력이 독특하다. 어떻게 아나운서에서 경영자가 되었는가?

나도 원래는 다른 아나운서들과 마찬가지로 유명한 뉴스 앵커와 시사 프로그램 진행자가 되고 싶었다. 하지만 나의 바로 앞 후배였지만 거대한 산이었던 '손석희'가 있었다. 그 당시, 이미 뛰어난 진행 능력으로 전국적으로 이름을 날리고 있었던 그였기에 나는 도저히 이 사람을 뛰어넘을 수가 없겠구나'라는 생각이 들어 다른 아나운서들이 가지 않는 관리와 경영 쪽으로 방향을 틀기로 마음을 먹었다. 관련 업무를 접해보니 생각보다 적성에 잘 맞았다. 그렇게 MBC 아나운서국 부장 시절부터 미래에 내가 국장이 되었을 때를 미리 염두에 두고 구체적으로 아나운서국을 어떻게 운영할지에 대한 계획을 세워놓고 있었다.

'기회의 신 카이로스는 양쪽 어깨에 날개가 있고 뒷머리는 없기 때문에, 저쪽에서 "카이로스기회다'라고 외쳤을 때는 이미 그를 잡을 수 없다'고 한다. 뭔가가 왔을 때 준비가 되어있으면 잡을 수 있지만, 기회를 잡으려고 쫓아갈 때는 이미 늦었다는 뜻이다.

나는 철저한 준비의 결과로 굉장히 많은 스타 아나운서들을 발굴해 냈고 MBC 아나운서국의 전성기를 이끌었다. 그 당시 스타 아나운서를 가장 많이 배출했던 그러한 역량을 인정받고 MBC 아카데미로 가서 뛰어난 인재들을 발굴하고 키워내라는 미션과 함께 주주총회에서 MBC 아카데미 사장으로 발령을 받게 되었다.

기업의 내부 고객인 임직원들의 만족도를 높이고, 그들의 잠재력을 이끌어내고자 할 때 경영자로서 가장 중요하게 생각했던 노하우가 있다면 무엇인가?

자사의 내부 고객의 능력을 극대화하기 위해서는 권한 위임Empowerment이라고 하는 것이 매우 중요하다. 이는 중요한 업무를 중간층 관리자에게 할당하고 그들의 자율성을 보장하며 결정에 대한 책임을 위임하는 것을 말한다. 이것은 업무를 수행하면서 빠른 의사 결정과 함께 직원들의 판단 자율성을 증대시키는 조직 관리 방법이다.

물론 많은 기업에서 어느 정도의 권한 위임은 효율적인 기업 운영에 있어서 필요하지만, 특히 방송국이나 신문사와 같이 현장 업무가 많을수록 권한 위임의 중요도가 높아진다. 현장에서 직접 발로 뛰는 직원들이 현장에 대한 이해가 더 높을뿐더러 빠르게 변화하는 새로운 트렌드를 직접 피부로 느끼기 때문에 시청자 또는 청취자들이 원하는 것이 무엇인지를 더 잘 찾아낼 수 있게 되기 때문이다.

또한, 직원들이 업무에 있어서 직접 결정을 하고 책임을 지는 자율성을 갖기 때문에 최대한의 창의성을 발휘할 수 있게 되고 차별화된 콘텐츠를 개발할 수 있게 된다. 물론 처음부터 중요한 업무의 권한 위임을 하기는 쉽지 않을 것이다. 그러므로 사소한 업무부터 직원들에게 권한 위임을 하다 보면 점점 임직원 모두에게 적응이 되어서 효율적이고 좋은 성과가 나는 기업 운영을 할 수 있게 될 것이다.

경영자로서 기업의 외부 고객들과 얽혔던 어려움이 있었는가? 있다면 어떤 어려움이 있었는지 그리고 이를 극복한 과정이 궁금하다.

MBC 아카데미 대표이사로 재직하던 시절이었다. 당시 MBC 아카데미는 10년 동안 롯데백화점 안에 있는 22개의 문화 센터를 'MBC문화센터'라는 이름을 내걸고 롯데백화점과 공동 운영을 하고 있었다. 그런데 롯데백화점 측으로부터 청천벽력 같은 소식이 들려왔다. 이제부터는 롯데가 문화 센터들을 자체 운영할 것이니 MBC 아카데미는 사업에서 손을 떼라는 것이었다.

생각지도 못한 통보에 하늘이 무너지는 느낌이었다. 그러나 이미 롯데백화점이 지난 10년간 MBC 아카데미의 경영 노하우를 모두 습득해버린 후였기 때문에 별다른 묘책은 떠오르지 않았다. 어떻게 해서든 롯데백화점의 사장님을 만나기 위해 연락을 시도했지만 이마저도 번번이 실패했다. 눈앞이 캄캄해졌다. 계속 이렇게 무작정 연락을 해서 만남을 시도하다가는 롯데백화점 근처에도 못 가보고 끝나겠구나 싶었다.

고심 끝에 편지를 쓰기 시작했다. 사전 조사를 통해 알아보니 그분은 우리나라의 역사에서 굉장히 큰일을 하셨던 독립운동가의 후손이었다. 나는 그분의 선조들의 업적을 존경하는 내용으로 글을 시작하여 '왜 MBC 아카데미가 문화 센터를 운영해야 하는지' 그리고 '앞으로 어떻게 운영할 것인지'에 대한 계획과 함께 무엇보다 그분의 자존심을 한껏 치켜세워주었다.

정성을 담아서 편지를 전달했고 그것이 롯데백화점 사장님의 마음을 움직여 어렵게 미팅이 성사되었다. 막다른 길에 서 있다는 생각으로 강한 마음을 먹고 약속된 장소에 도착을 해서 그분과 담판을 지었다.

"다음 해부터 문화 센터의 수익이 변화가 없거나 조금이라도 떨어진다면 MBC 아카데미는 사업에서 완전히 손을 떼겠습니다."

나의 호언장담을 들은 롯데백화점 사장님은 계획서와 나를 번갈아 보며 고개를 끄덕거리더니, 마침내 MBC 아카데미가 문화 센터 사업에서 손을 떼라는 통보를 철회하였다. 다행히 MBC 아카데미는 다음 해에 470% 성장한 수익을 내면서 무조건 수익을 올리겠다고 했던 약속을 지킬 수 있었다. 그 당시가 금융 위기 때였지만 결과적으로 우리 회사는 사원들 월급도 많이 올려주고 주주들에게 배당금도 굉장히 많이 지급할 수 있었다.

클레우제비츠의『전쟁론』에 "전략은 첫 포성이 울리는 순간 무용지물이 될 수 있다"라는 말이 있다. 일단 총성이 한 발 울리면 변수가 많은 전쟁 속에서 사전에 세웠던 시나리오가 먹히지 않을 확률이 높다는 얘기다.

중요한 것은 타이밍과 진정성을 갖고 고객에게 다가가는 자세다. 이것이 모든 전략에 앞선다. 지금도 다시 생각해 보면 철저한 사전 조사와 진정성 있는 태도 덕분에 내가 운영하던 회사의 위기를 극복하고 더욱 도약할 수 있었지 않았을까 생각해 보면서 이 교훈을 많은 사람과 함께 공유하고 싶다.

경영자를 꿈꾸는 이들에게 하고 싶은 조언은 무엇인가?

기업의 경영자를 꿈꾼다면 자신의 이미지. 즉, 평판을 잘 관리해나가라고 조언하고 싶다. 왜냐하면 고객들은 평판에 자신의 로열티를 투사하는 성향이 있기 때문이다.

미국에서는 기업의 소유와 경영이 확실히 분리되어서 오

너리스크가 적은 데 반해 우리나라에서는 오너리스크가 굉장히 높아서 오너의 말실수나 잘못된 행실 하나 때문에 기업에 큰 타격이 가고 그 타격으로 입은 피해는 고스란히 주주들이 지게 되어있다.

기업을 윤리적으로 경영하고자 하는 노력도 우선되어야 하겠지만, 특히 우리나라 기업의 경영자라면 기업 오너의 이미지가 어떻게 고객들에게 비칠지에 대해서 유심히 고민하는 자세를 가져야 할 것이다.

PART 5

효과적인
의사 결정으로
성과 창출하기

제14金

현장경영으로
경영 혁신을
이끌어라

서영태
前 현대오일뱅크 대표이사

서영태 대표이사 사장은 현대정유가 현대오일뱅크로 회사 이름을 바꾼 뒤, 첫 대표이사 사장으로 임명돼 국내 최초 민간 정유 회사의 자부심을 이어가고 있다. 특히 "한 번 가본 현장은 반드시 다시 방문하라"와 같은 철학으로 국내외에 '현장경영 두 배론'을 전파한 현장경영의 달인이다.

그는 건국대학교 경영학과를 졸업하고 고려대학교 경영대학원 MBA 석사와 미국 선더우드대학교 경영전문대학원 국제경영학 MBA 석사 그리고 서울과학종합대학원에서 경영학 박사 학위를 취득했다.

주요 이력으로는 캐나다 로얄은행 심사 부장, JP모건은행 서울 부지점장, 씨그램 뉴욕 본사 남미 담당 재무 본부장, 두산씨그램 CFO, 살로몬스미스바니증권 코리아 상무, 대표이사를 지내고 2002~2010년도에 ㈜현대오일뱅크 대표이사 사장을 역임했다.

이후 다국적 기업 최고경영자 협회 KCMC 회장을 지내고 2015년부터 현재까지는 건국대 경영전문대학원의 교수로 있다. 글로벌 리더상 및 대한민국 경제 리더 대상, 금탑산업훈장, 대통령 표창 등을 수상했다.

"경영은 의사 결정의 종합 예술이다"라는 말이 있을 정도로 경영자는 의사 결정을 보다 잘하기 위해 고민하기 마련이다. 의사 결정의 효과를 높이기 위해 가장 중요한 요소는 무엇이라 생각하는가?

현대오일뱅크를 직접 경영해 본 경험으로 비춰봤을 때 기업의 의사 결정의 유효성을 극대화하기 위해서는 현장경영을 통한 커뮤니케이션이 가장 중요하다고 생각한다. 현장경영이란 의사 결정권을 가진 경영자가 직접 현장을 방문하여 업무 진행 상황을 확인하고 의사 결정을 내리는 경영 방식을 말한다.

그런데 대부분의 관리형 리더들을 보면 사무실 책상에 앉아서 소통하는 경우가 정말 많다. 특히 최근에는 SNS와 IT가 발달했기 때문에 책상에 앉아서 모든 의사 결정을 하는 게 대부분의 리더가 일하는 방식이다.

나는 거기에 함정이 되게 많다고 생각한다. 내가 실제 현장에 가서 보면 사무실에서 듣던 얘기들과는 괴리감을 느낄 때가 정말 많기 때문이다. 현장에서 고객을 만나고 우리 직원들을 만나 얘기를 듣다 보면 실제 내가 듣던 것하고 다른 것도 많았고, 내가 모르는 것도 많았다. 만일 내가 책상에 앉아 거기서 주어진 자료만 가지고 의사 결정을 했더라면 분명한 한계가 있었다. 그래서 경영자는 반드시 현장에 직접 가서 현장에서 어떤 얘기들을 하는지 귀 기울여 들어봐야 한다.

100여 년 전 남북 전쟁을 승리로 이끌었던 링컨 대통령에게도 현장경영을 배울 수 있다. 링컨 대통령은 4년 재임 기간의 대부분을 전쟁 현장 1선에서 병사들을 만나면서 보냈다. 직접 만나서 위로하고 격려하며 병사들의 이야기를 들어주었다. 그는 신속하고 시기적절한 의사 결정에 필요한 정보를 입수하기 위해 백악관이 아닌, 육군 전보실에서 살다시피 했다. 또한 군대의 무장 능력을 정확히 파악하기 위해 해군 조선소와 워싱턴 안팎의 요새를 직접 둘러보고 신무기의 기능을 자세히 살펴보기도 했다.

따라서 링컨처럼 현장을 직접 방문해야만 올바른 지식과 정보를 가질 수 있고, 이를 통해 신속하고 정확한 의사 결정을 할 수 있다.

서영태 대표가 생각하는 현장경영은 무엇인가?

현장경영은 경영자가 현장에 있는 직원들과 직접 인간적인 교감을 나누는 것에서부터 출발한다. 나는 현장에 가면 직원들하고 항상 저녁 식사를 했고, 가끔은 소주를 마시기도 했다. 한국적인 조직은 비공식적인 성향이 강하기 때문에 직원들과 일반적인 교감을 할 수 있어야 신뢰가 많이 쌓인다. 그것은 눈에 보이지 않지만, 굉장히 중요한 것이다.

특히 대기업일수록 현장에 있는 직원들이 CEO를 볼 기

회가 그렇게 많지 않다. 몇 년에 한 번씩 보는 일도 부지기수다. 현대오일뱅크의 경우에도 사무소가 전국적으로 있고, 해외에도 있기 때문에 현장경영을 하려고 했을 때 지리적인 어려움이 있을 수밖에 없었다. 그러나 내가 사장을 할 때는 주유소만 1,500km를 순례할 정도로 현장경영을 중요하게 생각했고, 적극적으로 직원들과 소통하였다.

또 인간적인 교감을 나누는 대상은 임직원뿐만 아니라 고객도 있다. 고객 중에서는 우리 물건을 사는 사람도 있지만, 하도급을 하는 공급 업체도 있다. 이런 다양한 이해관계자들과 직접 만나는 것이다. 그게 전부 다 현장경영이라고 생각한다.

현장을 다니면서 만났던 이해관계자들 또한 내가 모르는 정보들을 주었다. 그 정보들은 책상에 앉아서 확인했던 자료보다 더 생생하고 더 정확한 정보들이었다. 이러한 것들이 궁극적으로는 의사 결정을 효과적으로 하는 데 도움을 준다. 그래서 나는 현대오일뱅크에서 '현장경영 두 배론'을 선포하고 이를 실천했다.

'현장경영 두 배론'은 한 번 방문한 사업장은 반드시 다시 한 번 방문하는 것이다. 힘든 생산 현장은 더더욱 방문해서 현장에서 직원들과 자주 만나고 혁신을 이해·공유하는 것이 중요하다. 특히 버겁거나 싫은 곳일수록 더 두드려야 한다. 살아있는 정보는 현장에서 나오기 때문이다.

이런 정보들을 가지고 의사 결정을 하면서부터 현대오일뱅크의 신용등급은 BBB에서 A-로, 부채비율도 430%에서 191%로, 소비자 만족 지수도 크게 높아졌는데, 단언컨대 나는 이러한 성과들이 '현장경영 두 배론'을 실천하지 않았다면 이룰 수 없었을 것으로 생각한다.

현장경영으로 성과를 내는 경영자들의 특징이 있다면 무엇이라고 생각하는가?

나는 비즈니스를 하면서 평소 CEO들을 관찰하는 것에 관심이 많았다. 오랜 기간 관찰을 해보았는데 관리형 CEO들의 사무실을 보면 사무실이 되게 크고 화려하다. 그들은 사무실에서 음악도 틀어놓고 커다란 TV도 들여다 놓는다. 반면에 직접 발로 뛰는 CEO들을 보면 사무실이 작고 매우 검소하다. 그들의 동선 자체가 주로 밖에서 뛰어다니는 것으로 이루어져 있기 때문이다.

즉, 내 오랜 경험에 비추어 보았을 때 좋은 방에서 좋은 책상을 쓰고, 좋은 의자에 앉아서 좋은 오디오를 틀고, 좋은 시스템에서 즐기는 CEO들보다 조그마한 방에서 최소한의 일만 처리하고, 대부분의 시간을 현장에서 뛰어다니는 CEO들이 훨씬 더 일 잘하고 성과가 뛰어났다.

그러나 우리나라 고위 공무원 국장급 정도의 사무실만 가보아도 방이 크고 매우 화려하다. 사실 전혀 그럴 필요가 없는데 말이다. 싱가포르나 미국과 같은 선진국을 가면 고위 공무원들 방이 조그맣다. 이런 부분을 볼 때 우리나라는 아직도 후진국의 관료적인 형식에서 벗어나지 못했다. 화려하게 꾸며놓고 폼만 잡고 있는 것이다. 그러한 리더들은 바람직한 리더라고 볼 수 없다.

현장경영을 실천하고자 하는 예비 CEO에게 해주고 싶은 조언은 무엇인가?

리더라면 자기에게 주어진 전체 시간의 25% 정도만 사무실에서 이메일을 처리하며 회의를 진행하고, 나머지 75%는 현장을 돌아다니면서 사람을 만나라. 그러나 대부분은 거꾸로 한다. 물론 사무실에서 분석하는 데이터도 중요하다. 그러나 데이터는 과거의 트렌드만 보여줄 뿐이다. 결국 현재 시각에 일어나는 참True 값은 바로 현장에서만 찾을 수 있다. 그래서 반드시 그 이면에 있는 언더라인을 봐야 한다. 현장에 가서 사람들을 만나보고 자세히 현상을 파악하라.

제15金

디지털 커넥팅:
데이터 경영과 미래

양희춘
디케이비즈니스센터 대표이사

양희춘 대표이사는 유어비즈종합광고 대행사 팀장, 대표이사를 역임했으며, 카카오에서 경기도, 강원도 광고 채널 영업을 총괄하는 센터장을 맡았다. 이후 카카오 경기 센터는 디케이비즈니스센터로 사명이 변경되었으며, 공공기관 중심의 디지털 캠페인을 주력으로 대한민국에서 공공기관 디지털 캠페인을 가장 많이 진행하고 있다.

　　양희춘 대표는 최고의 디지털 퍼포먼스 경영자다. 유어비즈 시절에는 세계 최초 '눈 미백'이란 개념 정립과 BIbrand identity를 만들어 그해 모든 검색 엔진에서 신규 검색어 1위를 차지했으며, 이를 미국 의과대학 안과 분야에 신개념 치료로 등록하고 3대 인명 사전에도 해당 의사를 등재시켰다. 국내 최초로 남성 수술, 잇몸 치료, 치아 치료에 대해 줄기세포를 이용한 신개념 치료를 접목하여 수많은 BI를 만들고 성공시켰다.

　　또한, DRMDatabase Relationship Management이란 개념을 정립하고 소프트웨어를 개발해서 구매 고객이 되기 전의 모든 데이터를접속, DB, Call 등 추적 관리하여 구매 전환으로 돌리는 데 최적화시켰다. 이를 한 채당 몇 억씩 되는 분양 광고에 접목하여 현재 오피스텔 2주 완판, 오피스텔 3주 완판, 또한 국내 최고가 오피스텔을 10대1 경쟁률로 완판을 이루어냈다.

데이터는 항상 존재해왔고 언제나 경영 의사 결정을 할 때 중요한 역할을 해왔다. 그러나 데이터를 수집하고 활용하는 방안은 계속해서 과거와 달라지고 있다. 현대 경영에서 데이터에 기반한 비즈니스란 무엇인가?

초기 데이터는 기후, 바람, 풍향 등의 농업을 예측하는 것에서부터 처음 쓰이기 시작했는데, 점점 그 기준이 축적되면서 현대의 경영에서까지 쓰이기에 이르렀다. 이처럼 데이터는 언제나 있었지만, 과거와 현재의 데이터 기반 비즈니스는 분명한 차이가 존재한다.

과거에는 타이어를 몇 짝을 생산해야 할지 고민해야 할 타이어 제작 회사가 "올해는 타이어를 85만 짝을 생산하라"라고 탑-다운 방식으로 별 고민 없이 감으로 의사 결정하던 시대가 있었다. 그러나 이러한 의사 결정 방식은 그다음 시대에 와서 '논리적으로 타당한가?'에 관한 문제에 직면하게 되었고, '도대체 왜 85만 짝을 생산해야 하는가?'라는 의문이 제기되었다.

논의 끝에 그들은 다양한 데이터 분석 전문 툴을 이용하여 타이어 제작 회사의 시장 경쟁력, 그해 GDP 성장률, 물가 상승률, 수출할 국가들의 GDP 성장률 등의 다양한 변수들을 기반으로 예측 모형을 만들었고, 이를 통해 올해는 70만 짝 정도의 타이어 수요가 있을 것으로 내다보았다. 그렇게 불필요한 생산이 될 확률이 높은 나머지 15만 짝 타이어는 만들지 않음으로써 시간과 비용 면에서 경쟁력을 확보할 수 있었다.

이들의 예측 모형은 바로 '경제가 성장하고 고용률도 좋고 물가 상승률도 안정화되면 효용의 기대치에 따라 당연히 자동차 수요가 늘고 자동차 수요가 늘면 타이어 수요도 따라서 늘 거야!' 하는 생각에 기반한 것이다.

이처럼 과거의 주류 시장Mainstream Economics은 사람들이 구매 의사 판단 또는 경영 의사 결정을 내리는 데 있어서 냉철하고 논리적이고 현실적일 것이라 생각하였다. 그래서 스위스의 수학자 베르누이는 이들이 '효용의 기대치에 근거하여 합리적으로 판단한다'는 이론을 만들었고, 이를 '기대효용 이론expected utility theory'이라고 불렀다. 이처럼 기대효용 이론에 따른 데이터 경영이 바로 과거에서의 데이터 기반 비즈니스였다.

그런데 이러한 데이터 분석도 어느 순간 맞지 않게 되어 버렸다. 경제가 성장하고 고용률도 좋고, 물가 상승률도 안정화되면 효용의 기대치에 따라 자동차의 수요는 늘어나야 하는데, 오히려 자동차의 수요는 없어졌다. 시대가 변하면서 베르누이의 기대효용 이론에 위와 같은 치명적인 오류가 생겨버린 것이다.

사람들이 냉철하게 판단하고 합리적인 의사 결정을 한다고 생각했는데 아니었고, 어느 순간 데이터가 있어도 그 예측이 맞지 않았다. '이상하다. 여자이면서 40대면 분명 백에 관심

이 있을 건데? 심지어 디자인도 잘했고, 명품인데 왜 안 팔리지?'
원인이 무엇일까? 이 데이터가 여자이고 40대이고 서울 사는 사
람이고 평상시 백에도 관심 있는 사람은 맞는데, '이 브랜드'인지
'이 금액'대인지 '지금, 이 순간'에 관심 있는 것까지는 추론이 안
된 것이다.

　　이러한 문제점은 2002년에 대니얼 카너먼이 행동경제학
을 발표하면서 많은 부분 보완되었다. 이때를 기점으로 데이터
의 분석 방법론과 해석론이 많이 변화했다. 지금의 데이터 기반
비즈니스는 행동경제학을 따른다고 할 수 있다. 행동경제학은
전망 이론Prospect theory이다. 이것은 경제 주체들이 합리성을 기
준으로 의사 결정을 했다고 보았던 기존의 기대효용 이론과는
완전히 반대되는 것이었다.

　　전망 이론은 일정 부분 직관, 축, 느낌에 의존해 행동하고
의사 결정을 한다고 보았다. 그래서 전망 이론에 기반을 둔 데이
터마이닝에서는 '여자이면서 40대는 백에 관심이 있을 거야'에
서 더 들어가, 이 사람의 행동 패턴까지도 분석한다.

　　소비자가 구매를 결심했을 때가 '한 달 전의 생각일까? 일
주일 전의 생각일까?'를 보기 위해 친구에게 백에 관해 물어보
고 상담한 시점이라든지, 백 광고를 보았을 때 언제 관심을 보였
는지, 어느 시점에 백 광고 및 관련 제품을 검색했고 즐겨찾기를
했고 관심 물품에 등록했는지, 기사나 기타 웹 서핑 동선은 어떤

지에 관한 기록 등을 분석한다. 그러면 데이터를 역으로 추출할 수 있다.

단 한 시간 만에 백을 다 팔고 싶다면, 한 시간 내에 백을 구매했던 사람들의 과거 행동 패턴을 분석한 후 그와 유사한 행동 패턴이 있는 데이터들을 추적해 광고 마케팅해주면 되는 것이다. 즉, 아주 작은 반응이나 대응 그리고 흔적들까지 데이터 분석을 통해 유의미한 값으로 도출해 내기 때문에, 현대 경영에서의 데이터 기반 비즈니스는 유저의 행동을 분석하는 관점에서 이루어진다고 볼 수 있다.

물론 데이터 기반 비즈니스의 형태는 어떻게 응용하느냐에 따라 무궁무진하게 달라질 수 있을 것이다.

최근에 데이터는 어떤 툴(Tool)로 수집하며, 유저의 행동은 어떻게 추적하는가?

큰 기업에서는 데이터를 분석하고 추적하고 관리하는 툴을 자체적으로 만들거나 SAS 사에서 제공하는 데이터마이닝 툴을 쓰기도 한다. 아울러 요즘 디지털 환경에서의 대중적인 툴은 대표적으로 어트리뷰션Attribution이라는 것이 있다.

어트리뷰션은 구매되기까지의 모든 스토리들을 추적하는 툴이다. 예를 들면, '어디에서 가입했지? 무슨 광고 보고 가입

했지?' 가입 후 며칠 만에 다시 들어왔지? 들어오고 나서 어떤 행동을 했지? 댓글만 보고 갔네. 그리고 이틀 뒤에 들어와서 구매했구나. 구매하고 나서 우리 것을 추천했네?' 등의 이러한 행동들을 추출하는 것이다. 이것을 궤적이라 하고, 어트리뷰션은 이러한 궤적들을 추적하는 툴이라 할 수 있다.

어트리뷰션의 플레이어로는 TUNE, APPsflyer, KOCHAVA, adjust, adbrix, singular 등 6가지를 제일 많이 쓴다. 이 플레이어들이 대표적인 이유는 기본적으로 이들은 3rd Party Tracking을 통해 연동 가능한 매체들을 다수 확보하였기 때문이다. 그래서 내가 각각의 매체마다 SDK[13]를 세팅하는 수고를 덜 수 있고 광범위하고 효율적인 데이터 수집이 가능하다.

연동 가능한 매체가 TUNE 900개, APPsflyer 1,400개, KOCHAVA 1,600개, adbrix 1,300개, adjust 600개 이상이므로 이 플레이어 하나를 달면 조건식에 맞춰서 쭉 분석되는 것이다. 이것을 딥링크라고 한다. 그런데 이 플레이어들만 있는 것은 아니다. 더 디테일하고 구체적으로 구매 고객의 다양한 로열티를 보고 싶을 때는 해당 개념만 따로 개발해서 서비스하는 업체들도 있다. 구글 분석 GA 툴에서도 어트리뷰션 기능을 무료로 제공하는데 파워풀하진 않다. 대신 무료로 쓸 거면 번거롭더라도 그

---

13) SDK : Software Development Kit, 소프트웨어 개발 키트

때마다 SDK를 세팅해 쓰면 된다.

어트리뷰션은 일반적으로 Last Click 모델을 적용해서 진행하고 있다. 쉽게 말하면 구매 직전 마지막에 클릭하고 들어오는 것을 측정하는 것이다. 즉, 마지막 구매 전환의 기여도를 보는 것인데, 업계에서는 통상 '누가 가장 구매에 가장 큰 공헌을 한 것이냐'의 관점에서 구매 직전 광고가 100% 기여했다고 보고 있다.

이 모델 또한 조건식을 어떻게 설계하느냐에 따라 패턴을 다양하게 볼 수 있다. 중요한 것은 획득한 유저들이 어떠한 행동 패턴이나 궤적을 그리는가를 보는 것이다. 어트리뷰션은 2022년인 현재까지는 내가 획득한 데이터들의 행동 궤적을 분석하는 최고의 툴이다.

카카오는 어떠한 방법으로 데이터 기반 비즈니스를 하는가?

카카오의 데이터 기반 비즈니스는 Audience Targeting이다. Audience란 빅 데이터 분석으로 타게팅 해서 추출한 유저들을 말한다. 사실 Audience Targeting이라는 건 무서운 얘기다. 다음의 예처럼 당신이 원하는 것을 모두 추출해 볼 수 있는 것이다.

"당신이 원하는 Audience들을 간단한 클릭 몇 번으로 다 추출할 수 있어."

"난 이 화장품을 팔아야 해. 콘셉트는 20대 여자한테 최적화된 화장품이고, 서울권의 대학생들한테만 해주고 싶어."

그러면 카카오의 4,200만 액티브 유저 중에서 뷰티 미용에 관심이 있는 서울권의 20대 여자 대학생들만 추출한다는 얘기다. 카카오의 광고와 메시지는 이렇게 추출된 Audience들만 보게 된다. 그런데 Audience Targeting은 데이터가 많아야만 정교해지고 효과가 있다.

카카오 같은 경우엔 스마트폰 사용자 중 카카오톡을 쓰는 사람이 97% 이상이다. 하루에 메시지를 생성하고 반응하는 것만 해도 80억 건에 육박한다. 카카오 채팅창 하루 접속 트래픽이 경쟁사의 한 달 접속 트래픽보다 많다. 카카오톡을 안 쓰면 카카오 택시를 타거나 카카오 네비를 쓰거나 멜론을 듣는다. 특히 인구통계학적인 데이터뿐만 아니라 고객의 니즈와 행동에 대한 데이터, 검색 데이터까지 다 보유하고 있다.

또한, 카카오 광고 플랫폼에서는 다른 매체에서 획득한 유저의 AD ID를 카카오 계정에 업로드해서 마케팅 할 수도 있다. 게다가 어트리뷰션 플레이어들과 제휴가 되어있어 카카오 광고의 모든 궤적을 분석하며, 타깃 세팅 경우의 수가 약 10

만 가지에 이르러 다양한 디지털 접점 타기팅을 가능하게 한다. 이렇듯 Audience Targeting을 하려면 기본적으로 데이터가 많아야 하므로 국내에서는 카카오가 가장 정교하고 제대로 된 Audience Targeting을 하고 있다고 봐도 무방하다.

이러한 데이터 기반의 비즈니스는 카카오가 굉장히 앞서 나가고 있지만, 우리나라 전체의 Audience Targeting이나 분석력을 보면 아직 걸음마 수준인 것이 현실이다. 법적인 제한 때문에 막혀있는 규제가 많이 풀려야 더 경쟁력 있고 다양한 데이터 기반의 비즈니스가 가능하다고 생각된다.

이런 기반으로 만든 광고 플랫폼이 바로 '카카오 모먼트' 이다. 카카오 모먼트는 'Connect Everything Smartly'라는 슬로건을 사용하는데, 이는 적합한 장소 그리고 필요한 순간에 모든 데이터를 연결한다는 뜻이다. 예를 들어, 내가 분양 광고를 한다고 해보자. 그러면 우리나라 아파트, 오피스텔, 빌라 등을 분양하는 모든 모델 하우스의 가로세로 1~2km 영역에 블록을 친 다음, 블록 경계 안에 들어오는 순간 카카오 광고가 보이게 하는 것이다.

이번에는 신규로 개업한 햄버거 매장이 있다고 해보자. 점심 시간이 되면 매장 반경에 들어온 사람들에게 온 타임 메시지를 보내는 것이다. 예를 들면 이런 것들이다.

"지금 이곳에 오시면 50% DC 해드립니다."

카카오의 데이터 기반 서비스는 타 경쟁사들 보다 무척 정교하다. 이러한 서비스는 정확한 장소와 필요한 시간에 모든 행동 데이터를 분석하기에 가능한 것이다.

데이터 기반 비즈니스를 적용하고자 하는 예비 CEO에게 해주고 싶은 조언은 무엇인가?

기존 사업에 데이터 기반 비즈니스를 적용하는 것이 아주 핫한 트렌드고 시간이 지날수록 더 그럴 것 같다. 우리나라도 본격적으로 5G 시대가 도래했고, 사물들이 이야기하기 시작했기 때문이다. 4G도 그랬지만 5G도 안정화되는데 보통 2~3년이 걸린다.

시간이 조금만 지나면 어느 순간 모든 사물이 여러분들과 대화하려고 하는 게 그렇게 낯설지 않은 시대가 올 것이다. 예를 들어, 보통 영상 3도 이내의 냉장고에서 열흘 정도가 지나면 수분이 없어지기 시작하는 파프리카는 10일 이전부터 나에게 말을 걸 것이다.

"주인님 빨리 저를 먹거나 다른 조치를 해주세요."

우스갯소리겠으나 이러한 일은 이미 가능하고 탑재된 기

술이다. 이런 데이터들이 앞으로는 엄청나게 쌓일 것이고 누군가는 그 데이터를 끊임없이 모을 것이며, 일반적인 관점에서는 절대 분석해 낼 수 없는 유의미한 인사이트를 도출해 낼 것이다. 그러나 무엇보다 중요한 건 데이터가 아무리 많아도 결국 데이터 분석값의 해석과 경영에 대한 의사 결정을 내리는 주체는 경영자라는 사실이다. 그래서 경영자는 아주 넓은 혜안을 가져야 한다.

데이터 분석은 표본을 추출해서 모수를 추정하는 방법으로 시간과 비용을 절약할 수 있기 때문에, 새로운 비즈니스 인사이트나 목표로 하는 통계적인 값을 추출하는 관점에서는 무척 좋다. 하지만 통계 리터러시 없이 기계적인 관점으로 데이터를 분석한다면 오류 또는 편향이 발생하기 쉽기 때문에 위험할 수 있다. 분석의 오류, 통계의 오류가 되는 것이다. 그래서 데이터를 무턱대고 신뢰해도 큰 문제가 된다.

따라서 경영자는 데이터의 결과만 맹신해서는 안 되며, 다양한 관점에서의 브레인스토밍과 독서, 세미나, 토론, 다양한 요약 보고서 등을 통해 많은 경험을 쌓아 본인만의 신뢰할 수 있는 의사 결정 능력을 키워야 한다. 데이터 경영도 결국은 데이터 기반의 촉 경영이기 때문이다.

PART 6

새로운
성장 모멘텀 찾아
도약하기

제16金

끊임없는
신제품 개발로
기업은 성장한다

유정연
불스원 부사장

유정연 대표이사는 '끊임없는 신제품 개발로 기업은 성장한다'와 같은 철학을 가지고 지속적인 신제품 연구 및 개발에 대한 도전 정신으로 불스원의 성장을 이끌었으며, 그 능력을 인정받은 저명하고 노련한 경영자다.

그녀는 미국 워싱턴대학교 경제학 학사와 뉴질랜드 빅토리아대학교 MBA 학위를 취득했다. 주요 이력으로는 CJ제일제당 상무를 역임했고, 글로벌 제약 회사 바슈롬 코리아를 거쳐 자동차용품 회사인 불스원에서 마케팅 본부장으로 상무 이사, 전무 이사를 역임했다. 한국마케팅협회 상임 이사를 지냈으며, 2014 한국의 마케팅 대상을 수상하였고, 2014 한국의 마케터에 선정되었다.

현재는 불스원 본사의 부사장이자, 불스원의 자회사인 국내 최대 규모의 향기 마케팅 전문 회사 '센트온'의 대표이사로 활동하고 있다.

유정연 대표는 '끊임없는 신제품 개발로 기업은 성장한다'는 철학으로 국내외 기업의 성장 모멘텀을 만든 것으로 잘 알려져 있다. 신제품 개발이란 무엇인가?

신제품 개발은 크게 네 가지로 분류해 볼 수 있다.

첫째는 소비자가 느끼거나 알지 못하는 니즈를 발굴하여 제품을 개발하고 출시하는 것이다. 이 제품군은 참신성이 높은 혁신 제품으로 제품 개발 및 마케팅 활동에 상당히 많은 시간과 비용이 필요하다. 다만 성공한다면 더 많은 이윤 창출을 기대할 수 있다. 처음 출시하는 컴퓨터, 공기청정기와 같은 제품이 여기에 속한다.

둘째는 소비자에게 잘 알려진 브랜드가 해당 사업 군에서 새로운 제품을 추가하여 제품 계열을 확장해 나가는 경우다. 불스원이 엔진 세정제 불스원샷에서 시작하여 필터, 와이퍼, 워셔, 엔진오일 등 자동차 관련 제품을 추가 출시하는 것을 예로 들 수 있다.

셋째는 기존 제품에 기능을 추가하거나 성능을 개선함으로써 소비자에게 새로운 제품을 선보이는 것이다. 소비자 입장에서는 새로움이 다소 떨어질 수 있지만, 기업의 입장에서는 제품의 성능 개선 또는 기능 추가를 위하여 많은 노력과 비용이 투여될 수 있다.

넷째는 기존 제품을 새로운 시장이나 사용자에게 맞도록

리포지셔닝 하는 경우다. 이런 경우 소비자에게 완전히 새로운 제품으로 보일 수 있고, 기업 입장에서는 상대적으로 적은 개발비가 든다는 장점이 있다. 그러나 리포지셔닝은 소비자에게 새롭게 제품의 용도를 심어줌과 동시에 기존의 용도를 함께 유지해야 하는 경우가 대부분이기 때문에 소비자 인식 변화를 위한 마케팅 활동이 매우 중요하다.

최근에는 빠른 기술 발달과 함께 다양한 정보 공유로 인하여 유사해 보이는 제품의 개발이 용이해지고 있다. 판매 또한 온라인이라는 채널을 통해서 누구나 손쉽게 접근할 수 있기 때문에 기존 제품만 가지고서는 오랫동안 시장 점유율을 유지하거나 매출을 지속해서 성장시키기 쉽지 않다. 따라서 끊임없는 자기 발전과 변화를 통해 소비자에게 새로움을 전달하고 사용하게 해보는 전략이 필요하다. 이를 위하여 무엇보다 신제품 개발은 필수이며, 최우선이 되어야 한다고 생각한다.

유정연 대표가 생각하는 신제품 개발의 원칙은 무엇인가?

신제품을 개발할 때 나는 항상 네 가지 원칙을 고려한다.

첫 번째, 신제품은 소비자의 불편함을 해결해 주는 동시에 소비자가 더 안전하고 편리하게 사용할 수 있어야 한다. 이런 원칙에 착안하여 개발된 제품으로 불스원의 '유리막 제거제'가 있다.

자동차 운전 시 비 내릴 때를 상상해 보라. 빗방울을 따라 미세먼지와 같은 오염 물질이 유리창에 흘러내리거나 땅에 고인 빗물이 유리창에 튀기면서 오염 물질이 유리창에 붙게 된다. 와이퍼로 빗물을 닦아보지만 아무리 닦아내도 잘 닦이지 않는다. 새 와이퍼로 교체해 보기도 하지만, 답답한 시야를 깨끗하게 해주지 못한다면 소비자는 '이건 어쩔 수 없구나' 하며 불편을 감내한다. 그러나 '유리막 제거제'를 사용하면 유리창이 선명하게 닦여진다. 보기에도 눈이 시원하고 선명한 시야 확보로 안전하게 운전할 수 있기 때문에 당연하다고 여긴 불편함을 다시는 참을 필요가 없게 되고 소비자 만족도는 높아진다. 이처럼 불편함을 해결해 주는 아이디어는 신제품 개발 시 굉장히 중요한 요소 중 하나다.

두 번째, 신제품은 회사가 판매할 수 있는 제품이어야 한다. 즉, 신제품 개발 시 '우리 회사가 가지고 있는 역량이 무엇인가?'를 생각해야 한다. 자사의 기술력, 영업력, 물류, 가치관 등 내부 역량을 활용할 수 있는 제품을 개발하는 것이 중요하다. 이런 생각 없이 '그냥 좋은 제품'을 개발한다면, 회사가 가지고 있는 역량을 제대로 활용할 수가 없기 때문에 성공으로 가기 위한 날개를 달 수 없다.

예를 들어, 자동차용품의 일환으로 '드라이빙 슈즈'와 같이 운전을 편하게 도와주는 신제품을 개발한다고 하자. '안전하고 편리한 운전'이라는 주제로는 불스원의 제품군과 관련이 있고 불스원의 내부 역량을 고려했을 때 운전을 안전하고 편하게 하는 기능에 대한 기획 역량은 있다. 하지만 신발은 패션 트렌드가 고려된 디자인이 필요하므로 디자인은 이런 역량을 가진 회사에 위탁하는 것이 좋다. 이외에도 불스원의 일반적인 판매 채널인 슈퍼마켓, 할인점, 카센터, 주유소, 온라인 몰보다는 신발이 주가 되는 새로운 유통 채널에서의 판매도 검토해 볼 필요가 있다. 이렇듯 우리 회사가 무엇을 잘하는지, 잘할 수 없는지를 사전에 파악하고 내부 핵심 역량을 잘 활용하여 신제품 개발을 추진하는 것이 바람직하다.

세 번째, 신제품은 회사의 성장 전략에 도움을 줄 수 있는 제품이어야 한다. 즉, 신제품 개발은 핵심 제품군Core, 기회 제품군Opportunity, 기본 제품군Base으로 구성된 포트폴리오를 고려해 자사의 성장 전략과 방향을 같이해야 함을 기억하자.

회사의 등뼈로 표현되는 핵심 제품군은 매출 규모와 수익성 면에서 중요한 제품군으로 끊임없이 더 좋은 제품을 목표로 하는 신제품 개발이 필수 불가결하다. 기회 제품군은 시장이나 매출 규모는 다소 작지만 빠르게 성장하는 시장에서 기회를 내 것으로 만들기 위해 개발하는 제품군이다. 기본 제품군은 지속해서 사용되는 제품이지만, 기술 장벽이 낮아 유사 제품이 많고 시장이 성숙하여 저성장 하는 시장의 제품들이다. 기본적으로 이 세 가지 제품군에 따라 자사의 리소스를 배분하고 우선순위를 정해서 제품을 개발하는 포트폴리오 매니지먼트가 필요하다.

네 번째 원칙은, 신제품의 매출이 회사 매출의 1/3 이상이 될 수 있도록 지속해서 신제품 파이프라인을 관리하고 매출을 일으켜야 한다는 것이다. 신제품, 이노베이션으로 잘 알려진 3M은 물론 다른 성장하는 글로벌 기업들도 신제품 매출 비율이 30%를 넘어선다고 한다.

불스원도 신제품 매출 기여도의 목표를 최소 30%로 잡고 지속적인 신제품 개발을 추진한 것이 회사 성장의 중요한 요인 중 하나라고 생각한다.

끊임없는 신제품 개발은 불스원의 성장에 어떤 도움을 주었는가?

불스원은 안전하고 건강하며 즐거운 자동차 생활 문화를 만드는 비전을 가지고 지속적인 신제품 및 서비스를 제공하기 위해 노력했다. 우리는 자동차를 운전하면서 마주칠 수 있는 수많은 상황을 고려하여 엔진 케어, 에어케어, 서비스 케어라는 큰 카테고리에서 소비자들이 원하는 제품 라인업을 하나씩 추가해 나갔다. 동시에 지속해서 기존 제품의 성능을 개선하고 기능을 추가하였으며, 교육을 통해 소비자들의 차량 관리 문화를 만드는 데 집중했다.

10여 년 전, 불스원샷의 매출은 전체 매출의 40% 가까이 되었는데 당장은 매출을 유지하며 이익도 낼 수 있었지만, 한 가지 제품에 대한 의존도가 높다는 것은 장기적인 포트폴리오 관점에서 그만큼 리스크가 높은 상황이었다. 이를 극복하기 위해서 불스원은 차량 관리에 필요한 다양한 제품 개발을 통해 장기적인 성장을 위한 포트폴리오를 구성해나갔다. 이에 그치지 않고 소비자들이 차를 더 안전하고 건강하게 사용할 수 있도록 차량 관리에 대한 직원 교육을 하였으며, 차량 관리 전문가인 카센터 정비사들과 네트워크를 강화하고 전문가용 제품 개발에도 힘을 쏟았다.

그 결과 모든 카테고리에서 시장 점유율 1등, 전국 카센터와 주유소 거래율 90% 이상(자체 기준)을 달성하였으며, 소비자의 건강하고 안전한 그리고 즐거운 차량 관리 문화를 정착하는 데 크게 일조하였다.

현재도 불스원은 전기차를 중심으로 급변하는 시장 환경에 한발 먼저 적극적으로 대응하기 위해 이노베이션팀을 신설함과 동시에, 회사의 장기 비전 달성을 위해 핵심 역량을 보강하고 활용하는 사업 다각화를 끊임없이 시도하고 있다. 지속적인 이노베이션과 신제품 개발은 회사를 성장시키는 큰 역할을 하였지만, 이보다 큰 성과는 '이노베이션'이 회사 문화 속에 자연스럽게 자리 잡았다는 것이다.

신제품 개발을 총괄하며 겪었던 어려움과 이를 극복했던 지혜가 궁금하다.

불스원 시작점인 불스원샷이 마트와 주유소에서 많이 팔리던 시절이 있었다. 그 당시 우리는 그 제품만으로는 안 되겠다고 생각했다. 불스원은 '불스원샷 회사'가 아닌 '자동차용품 전문회사'가 되고 싶었기 때문이다.

열악했던 자동차용품 시장에서 아무도 시도하지 않았던 제품들을 개발해야 했기 때문에 가지 않은 길을 가야 하는 어려움이 있었다. 특히 필터와 와이퍼를 새로 개발할 때 개척자로서의 어려움이 많았다. 개발 시에는 파트너 기업, 학계, 중고차 매매상과 소비자를 만나 제품에 대한 니즈를 찾아내고 전문 지식을 습득하여 제품개발에 적용했다. 이후 제조사, 모델, 연도에 따라 차종별로 다른 스펙의 제품을 개발하기 위해 일일이 중고차 시장을 가서 사이즈를 맞춰보았고 전문가의 조언을 받아 제품 개발을 진행하기도 했다.

제품을 개발한 다음에도 판매를 위해 직접 현장을 다니면서 판매 상황을 점검하며 제품 개선 및 판매 전략을 수립하는 모든 일련의 활동을 진행했다. 여기에서 필터와 와이퍼를 판매해 보지 않은 영업 담당/거래처에 이 제품의 필요성과 사업성을 설명, 교육, 설득하는 내·외부 커뮤니케이션이 소비자 마케팅 커뮤니케이션만큼이나 많은 시간과 노력, 비용이 들기도 하였다.

결과적으로 불과 10년 전만 해도 생소했던 다양한 자동차용품을 이제는 소비자가 직접 본인의 손으로 교체, 관리하는 시대에 이르기까지 불스원이 많은 역할을 했다고 생각한다. 자동차용품 업계에서는 불스원이 만들면 표준이 되고, 이를 따라하면 "최소한 대박은 아니라도 중박 이상은 한다"라는 말이 있을 정도로 많은 기업이 불스원을 주시하고, 불스원을 카피하는 제품을 만들어 판매하는 것을 볼 수 있다.

하지만 불스원은 지속적인 신제품 개발 및 과감한 마케팅 투자를 통해 더 빠르게 앞서가면서 독보적인 시장 No.1을 지켜내고, 더 앞장서서 시장을 선도하고 있다. 신제품을 개발했을 당시를 되돌아보면 '내가 현장에서 직접 답을 찾겠다'는 열정과 적극성을 가진 팀원들, 그리고 그들의 팀워크가 바로 어려움을 해결한 가장 소중한 자산이라고 자신 있게 말할 수 있다.

경영자를 꿈꾸는 이들에게 해주고 싶은 조언이 있다면 무엇인가?

하고 싶은 간절한 것이 있다면 꼭 해보라고 권하고 싶다.

하고 싶은 간절한 것이 있다고 하면 포기하지 말고 꼭 해봐야 한다. 하지만 좋은 아이디어, 성공할 것 같은 긍정적인 생각이 항상 성공을 보장하는 것은 아니다. 아이디어만 가지고는 성공할 수 없기 때문에, 그것으로 내가 할 수 있는 현실적인 한계를 인식하고 실행 전에 머릿속에서 구상하는 생각을 모두 끄집어내어 꼼꼼하게 정리하여 구체적으로 기획을 해야 한다.

비즈니스가 적용되는 시장의 규모, 매출과 수익에 대한 예측, 내게 주어진 기간, 펀딩을 받는다면 펀딩의 규모 내에서 할 수 있는 실행안 그리고 리스크에 대한 대안도 반드시 생각해서 기획하면, 막연한 생각들이 비즈니스 플랜으로 정리되고 더 구체적으로 성공을 위한 계획이 세워진다.

의욕적으로 그리고 열정적으로 일하는 젊은 경영자들, 그들을 응원하며 그들의 활약에 많은 기대가 된다.

※

많은 경우,
사람들은 원하는 것을
보여주기 전까지는
자신이 무엇을 원하는지 모른다.

스티브 잡스, 애플 창업자

제17金

중국을 알면
더 큰 세상을
만날 수 있다

김만기
숙명여대 중어중문학부 겸임 교수

김만기 교수는 중국 시장에 대한 이론과 실무를 겸비한 성공한 사업가로서 최근에는 중국의 혁신기업과 유니콘 기업들을 연구 중이다.

그는 한국인 최초 베이징대학 유학생으로서, 중국 베이징대학 국제정치학과를 졸업한 후 영국 런던대학에서 중국학 석사, 한국외국어대학교에서 국제통상전공 박사를 취득했다. (주)헤럴드차이나 대표를 역임하고, (주)랴오닝하이리더투자개발을 설립 및 사모펀드를 조성하여 중국 선양에 28층 쌍둥이 빌딩을 성공적으로 건립했다.

국회 외교통상통일위원회 정책자문 위원, 경기도주식회사 동북아위원회 위원장, 숙명여대 한중미래문화 최고경영자과정 지도 교수를 역임하고, 현재 서울시 청년정책조정위원회 공동 위원장, (주)퓨처잡 대표, 숙명여대 중어중문학부 겸임 교수로 재직하며 다양한 기관과 기업의 정책 자문 위원 및 사업가, 교육자로서 활동 중이다.

저서로는 『중국 천재가 된 홍 대리』, 『중국의 젊은 부자들』, 『왜 나는 중국을 공부하는가』, 『20대에는 사람을 쫓고 30대에는 일에 미쳐라』, 『관계의 재발견』이 있다. EBS 다큐프라임 〈글로벌 인재전쟁〉, TV조선 〈강적들: 대륙의 힘, 슈퍼차이나〉 등 다양한 방송활동도 하고 있다.

중국은 나에게 운명이었던 것 같다. 목표했던 대학을 세 차례 실패하고 군 제대를 앞둔 무렵인 1992년 8월 24일 한국은 당시 '중공'이라 불리던 지금의 중국과 수교를 체결했다.

당시에는 양국 교류가 없었기 때문에 한국에게 중국은 미지의 나라였다. 돈도 없었고 중국어도 못 했지만 고민 끝에 인 천에서 천진행 배에 올라탔다. 우연히 배를 타며 알게 된 중국 동포 교수님의 도움으로 베이징으로 향했고, 그곳에서 대학 입 학을 준비해 베이징대 1호 한국 유학생이 되었다. 2022년 올해 가 한중수교 30주년 되는 해이고 내가 중국에 간지도 30년이 되 는 해이다.

당시 중국행을 선택했던 이유는 다른 사람들의 길을 뒤 따라가는 것보다 아무도 가지 않은 나만의 길을 개척하는 것이 훨씬 경쟁력이 있을 것으로 판단했기 때문이다. 결과적으로 중 국은 1978년 개혁개방 이후 30년간 연평균 10%씩 성장해왔다. 2010년 일본을 추월하며 세계 2위 경제 대국이 되었고, 2012년 미국을 추월하여 세계 1위 무역 대국이 되었다.

미국 브루킹스 연구소를 비롯한 세계 여러 기관이 2030 년을 전후로 중국 GDP가 미국을 추월할 것으로 전망하고 있다. 중국이 이렇게나 성장한 지금은 다들 "어떻게 그런 선견지명이 있었느냐"라며 부러워한다. 운 좋게 새로운 길을 개척해 보겠다던 소신이 맞아떨어진 것이다.

글로벌 기업들은 왜 중국 시장에 주목하는가?

중국이 세계 최대 소비 시장으로 부상했기 때문이다. 중국 최고의 부자이자 아시아 1등 부자로 등극한 농부산천 설립자 중산산은 '국민생수', 소위 '물 장사'로 최고의 부자가 되었다. 그만큼 중국 시장은 매력적이다.

중국 시장은 세계 사치품 시장 소비의 1/3, 세계 최대 자동차 소비 시장, 세계 최대 영화 시장, 급격히 증가하는 화장품 시장 등 명실공히 세계 최대 시장으로 부상하였다. 전 산업 분야에서 해마다 시장 규모가 대폭 증가하고 있기 때문에 더욱 매력적인 시장이고 주목하지 않을 수 없는 시장이다. 루이비통의 회사로 알려진 LVMH의 아르노 회장은 2021년 한때 세계 최고의 부자로 등극했다. 중국 소비자의 폭발적인 명품 소비가 직접적인 영향을 주었다.

글로벌 기업들을 보자. 미국 스타벅스는 2017년 세계 최대 매장을 상하이에 상징적으로 오픈했고, 무인양품MUJI에서 호텔업에 진출했는데 1호점을 일본이 아닌 중국 선전에 오픈했다. 세계 500대 기업들이 중국에 진출하지 않으면 500대 기업으로 인정받지 못하는 시대다. 중국 정부와의 마찰로 중국에서 철수했던 구글조차도 중국 정부의 비위를 맞추며 재진입하려고 노력하고 있고, 페이스북 창립자 마크 저커버그도 본인이 직접 중국어를 배워 중국어로 연설하면서 중국에 대한 애정을 보이고 있다. 글로벌 기업들의 이런 마케팅 포인트나 애정 공세가 모두 중국 시장 진입을 위해서다.

이젠 Made in China에서 본격적인 Made for China의 시대에 진입했다고 할 수 있다. 포춘Fortune이 선정한 세계 500대 글로벌 기업의 수를 보면 2000년 10개였던 중국은 2021년 135개로 증가하여 122개를 보유한 1위 미국을 추월했다. 중국 기업들의 약진으로 중국 시장에서의 경쟁이 더욱 치열해지고 있지만, 세계 최대 시장을 포기할 수 없기 때문에 모두 주목하고 있는 것이다.

중국 시장, 어떻게 접근할 것인가?

중국 시장 접근 방법으로 두 가지를 권하고 싶다.

하나는 온라인을 적극적으로 활용하라는 것이다. 중국의 대표적인 전자상거래 회사인 알리바바는 중국판 블랙프라이데이로 불리는 광군제11월 11일 때마다 상상을 초월할 정도의 매출을 올리고 있다. 2021년 광군제 기간 알리바바는 약 100조 원의 매출을 올려 전 세계를 놀라게 했다.

더욱더 놀라운 것은 90%가 모바일을 통해 거래되었다는 점이다. '중국에서는 거지도 QR코드로 구걸한다'고 할 정도로 모바일 페이 시스템이 생활 깊숙이 자리 잡았다. 10여 년 전만 해도 중국에서 사업하기 위해선 꽌시 구축이 필수였다면, 지금은 온라인 활용이 필수가 되었다. 특히 주력 소비층인 중국의 MZ 세대를 타깃으로 할 경우는 더욱더 그렇다. 어려운 꽌시 구축에 시간을 쏟기보다 온라인을 통해 제품을 돋보이게 하는 마케팅에 집중하는 것이 더 중요해졌다.

다른 하나는 중국을 잘 연구해서 우리의 기업 가치를 높이라는 것이다. 한국 토종 온라인 의류 쇼핑몰인 '스타일난다'가 2018년 세계 최대 화장품 기업 로레알에 약 6천억 원에 매각되어 화제가 되었다. 스타일난다는 의류 쇼핑몰로 시작했지만, 화장품 브랜드인 쓰리컨셉아이즈3CE가 중화권 젊은이들에게 입소문이 나면서 전체 매출액의 약 70%를 차지했다. 또한 2017년 유니레버가 한국화장품 제조업체인 AHC브랜드의 카버코리아를 3조 원에 인수했다.

해외 글로벌 기업들이 거액을 들여 한국 기업을 인수한 목적은 세계 최대 화장품 시장으로 부상하고 있는 중국 시장을 공략하기 위해서다. 중국 소비자들로부터 인정받은 한국 화장품 기업들을 발판으로 중국 시장에 진입하기 위해 전략적으로 관심을 갖는 것이다. 기업 가치를 높이기 위한 우리 기업의 강점이 무엇인지 고민할 필요가 있다.

직접 중국 시장을 개척하면서 겪었던 어려움과 이를 극복한 지혜가 궁금하다.

2000년대 초반 중국에는 부동산 개발 붐이 한창이었다. 중국 관련 컨설팅을 하면서 중국 부동산 개발 사업에 기회가 있다고 생각했다. 그러나 추진 과정은 순조롭지 않았다. 국내 금융권에서는 관심은 있지만 많은 한국 기업이 중국 사업에 실패했다는 이야기가 무성했고 중국 부동산 시장에 대한 이해도가 부족해 투자를 꺼렸다. 여러 차례의 시장 조사와 검토를 거쳐 2006년에 하나은행, 우리투자증권, 하나대투증권 등 6개 금융 기관의 참여로 약 3,000만 달러 규모의 사모펀드를 조성했다. 그 펀드로 중국 선양의 중심 상업 지역에 28층 쌍둥이 주상복합 빌딩을 지었고 분양이 잘 마무리되어 금융권 대출까지 상환할 수 있었다.

인허가, 건설, 분양, 과실 송금 등 모든 과정이 걸림돌의 연속이었고 어느 것 하나 쉽게 넘어가는 것이 없었다. 건설 과정에서 책임 준공을 약속한 시공사가 원자재 가격 상승을 빌미로 터무니없는 추가 비용을 요구해 애를 먹은 적이 있다. 요구 금액을 주지 않으면 공사를 전면 중단하겠다고 엄포를 놓기도 했다. 계약서를 작성했더라도 하루빨리 공사를 진행해야 하는 외국기업 입장에서는 시간이 오래 걸리는 소송보다는 협상이 유리했다. 결국 지방 정부의 중재로 적정선에서 일부 추가 비용을 지불하고 공사는 마무리되었지만, 중국에서 계약서는 안전 장치가 아니라 안심 장치일 뿐이라는 교훈을 얻었다.

　　중국 사업을 하면서 가장 중요하게 생각한 건 신뢰였다. 중국은 꽌시가 중요한 사회인데 나와 꽌시가 있는 사람의 말은 절대적으로 신뢰하는 경향이 있다. 이런 성향 때문에 중국에서는 입소문이 특히 중요한 마케팅 수단이 된다. 지인의 말 한마디를 비싼 광고보다 더 신뢰하기 때문이다. 외국 기업에는 현지인들로부터 인정받는 신뢰가 가장 강력한 마케팅 수단이라고 생각한다. 현지에서 신뢰받지 못한 외국 기업은 생존하기 어렵다.

　　개발 사업은 공사장 주변의 민원을 해결하는 것도 중요한데 주변 아파트 주민들과 일조권을 협상하는 데 오랜 시간이 걸렸다. 직원 중 협상에 능한 중국 현지인을 일조권 협상자로 지정하여 아파트 주변에 사무실을 두고 집집마다 개별 협상에 들어갔다. 그리고 주민들이 아무 때나 편하게 사무실에 드나들며 친구처럼 지낼 수 있는 환경을 만들기 위해 노력했다. 아마도 문제를 빨리 해결하기 위해 아파트 대표와 서둘러 협상을 마무리 지으려고만 했다면 억지스러운 민원들이 더 많이 제기됐을 것이라는 말을 나중에서야 한 정부 관료에게서 들은 적이 있다. 그는 비록 시간은 걸렸지만 상호 간에 신뢰를 다져가면서 협상을 끌어냈기 때문에 장기적으로 주민과 정부가 모두 만족하는 프로젝트가 될 수 있었다고 평가했다.

중국 시장을 개척하고자 하는 예비 CEO에게 해주고 싶은 조언은 무엇인가?

중국 진출 전 중국 공부는 필수라는 말을 하고 싶다. 공부해도 성공하기 어려운 시장이 중국이다. 반면 제대로 공부해서 성공하면 글로벌 시장으로 도약하는 발판을 마련할 수 있다. 중국 시장은 글로벌 기업들의 각축장으로 중국에서 브랜드를 구축하면 기타 해외시장 개척은 그만큼 수월해질 수 있기 때문이다.

중국 공부라면 우선 중국어가 기본이 되어야 한다. 유창할 필요까지는 없지만 소통할 수 있는 실력은 갖춰야 한다. 중국인들은 처음 만나면 "먼저 친구가 된 후 사업하자先做朋友 后做生意"라는 말을 흔히 한다. 신뢰를 쌓은 다음 비즈니스를 하자는 의미이다. 바꿔 말하면 신뢰할 수 있는 친구로 발전하지 않으면 사업도 하지 않겠다는 말로 해석할 수 있다. 식사 자리에서 가볍게 소통할 수 있는 정도의 중국어라도 구사할 줄 안다면 친구로 한층 다가가기 쉽다.

또 한 가지 간과해서는 안 될 것이 진출 분야에 대해 충분히 공부하라는 것이다. 10년 전만 해도 한국에서 성행하는 사업 아이템을 가지고 중국에 가면 상당히 앞서갔다. 그러나 지금은 중국이 여러 분야에서 우리보다 앞서가고 있다. 예를 들면 무인 마트, 드론 택배, 핀테크, 자율 주행, 전기 자동차 등 첨단 기술을 응용한 분야들이 그러하다. 마케팅도 주력 소비층인 MZ 세대가 많이 사용하는 라이브커머스, 틱톡, 위챗, 웨이상, 웨이보, 왕홍 등 새로운 마케팅 수단에 관한 공부도 필요하다.

중국은 8090 젊은 혁신 기업가들이 주축이 되어 중국 경제 성장을 견인하고 있다. 틱톡의 바이트댄스, 드론계의 애플 DJI, 알리바바를 추격하는 핀둬둬나스닥 상장 등 탄탄한 기술력을 가진 유니콘 기업들이 정말 많다. 우리의 경쟁자이자 협업 파트너가 될 수 있으므로 면밀한 탐구와 관심이 필요하다.

끝으로 기회가 좋다고 시장 규모만 보고 서둘러 들어가지 말고 충분한 공부와 철저한 전략을 세운 후 진출하길 바란다. 중국은 절대 포기할 수 없는 중요한 시장이지만 성공하기 어려운 시장이라는 것도 명심해야 한다.

PART 7

영속 기업으로
나아가기

제18金

지속 가능
경영을 위한
윤리경영

조성식
前 포스코에너지 대표이사

조성식 대표이사는 윤리와 이익이 상충할 때 이익보다는 윤리를 택한다는 포스코에너지의 윤리경영 철학으로 윤리경영의 제도와 시스템을 도입하여 국내 최대 민간 발전 회사인 포스코에너지의 지속 성장을 이끌었던 장본인이다.

그는 연세대학교 공과대학을 졸업했다. 주요 이력으로는 포스코 기획조정실 경영기획 팀장, 포스코 중국 투자 사업 실장 상무, 포스코 경영 기획·투자 사업 담당 전무, POSCO India 법인장, 포스코에너지 대표이사를 역임하였다.

2010년 민간발전협회 회장을 지냈으며, 2011 제1회 기후변화 그랜드 리더스 어워드 기업 부문와 2011 포브스 최고경영자 대상을 수상하였다.

윤리와 이익이 상충할 때 많은 기업이 윤리보다는 이익을 추구하는데, 조성식 대표는 윤리를 선택한 것으로 잘 알려져 있다. 그 이유는 무엇인가?

정확히 이야기하자면 이익과 윤리의 균형을 잡고자 했다. 이를 통해 지속 가능한 기업상을 정립하는 것이 목표였기 때문이다. 지속 가능한 기업이 되기 위해서는 모든 이해관계자로부터 존경받는 기업이 되어야 한다. 그리고 오늘날 존경받는 기업이 되기 위해서는 윤리적 책임을 다함으로써 이해관계자에게 신뢰를 얻고 함께 성장하는 '윤리경영의 실천'이 필요한 시대가 되었다.

윤리경영이 국제 경제 사회에서 기업 경쟁력으로 대두되기 시작한 건 21세기에 들어서면서부터다. 1990년대만 해도 기업들은 경제적 이익에 부합하는 의사 결정을 가장 우선시하고, 경제적 호황 속에서 이윤 창출을 통한 고속 성장의 가치만을 추구했다. 그러나 2001년 말 미국 최대의 에너지 기업인 엔론Enron이 회계 부정 사건으로 몰락하게 되면서 사회 분위기가 달라졌다. 미국 경제 분야는 물론 전 세계에 기업 윤리라는 새로운 화두가 등장하며 확산되었고, 나라마다 경제 활동의 윤리적 조건을 표준화하여 비윤리 기업을 규제하는 윤리 라운드Ethics Round가 대두되었다. 그러면서 전 세계적으로 회계 부정·뇌물 방지 등 기업의 부패 문제가 논의되고, 투명한 지배 구조·공정한 보상 시스템 등 기업의 투명성과 공정성이 강조되기 시작했다.

내가 윤리경영을 선택한 이유는 윤리경영의 실천이 기업의 법적, 제도적 리스크와 운영 리스크를 감소시킬 뿐만 아니라 기업 가치와 경영 성과를 높일 수 있는 동시에 기업에 대한 대내외적 신뢰도를 높여주기 때문이다. 또한, 윤리경영을 하는 기업은 대외적으로 정부, 감독기관, 주주, 소비자들로부터 신뢰를 얻을 수 있을 뿐만 아니라 내부적으로도 직원들로부터 신뢰를 얻을 수 있다. 더욱이 윤리적 기업문화의 확산은 내부 조직원들이 스스로 직무 윤리를 확립하게 하고 그들에게 애사심, 자긍심 및 보람을 느끼게 한다. 게다가 윤리 환경의 변화와 선진국의 조직 통제 시스템에 대한 이해로 직원들의 의식 글로벌화에 기여하고, 임직원과 관련된 부패 비용을 줄일 수 있는 효과를 얻을 수 있다.

그래서 포스코에너지를 경영할 때 이해관계자들과 함께 추구하는 윤리 가치와 이념을 나누고 상생을 도모하기 위한 목적에서 윤리 실천 프로그램을 설계하고 추진했다. 이를 통해 포스코에너지는 윤리적 이념과 가치를 기업문화로 내재화하였고, 이를 기반으로 기업의 지속 가능한 성장을 끌어내는 데 성공했다.

경영자가 지켜야 할 윤리경영의 원칙은 국가청렴위원회에서 제시한 기업 윤리경영 모델 자료에 따라 경제·사회·환경적 책임 측면과 이해관계자 중심 측면, 두 가지로 나누어 설명할 수 있다.

경제·사회·환경적 책임 측면 | 윤리경영의 첫 번째 원칙은 기업이 국제적인 윤리 규범과 평가 지표를 확인해 보고, 윤리 기준을 준수하는 것이다. 국제 기구 또는 평가 기관들이 내놓고 있는 국제 규범과 평가 지표에는 'GRIGlobal Reporting Initiative'와 'DJSIDow Jones Sustainable Index' 등이 있으며, 이들은 국제 사회의 윤리경영 평가 지표 및 가이드라인 역할을 한다.

이러한 국제 규범과 평가 지표들은 '트리플 바텀 라인Triple Bottom Line'에 바탕을 두고 기업이 지켜야 할 윤리경영 원칙을 명시하고 있다. 트리플 바텀 라인은 환경Environment과 사회 문제Social Issue 그리고 기업지배구조Governance까지 총 세 가지를 윤리경영의 기본 요소로 명시하는 개념이다.

환경은 무분별한 자원 남용과 환경 파괴를 억제하면서 현재 세대의 필요성을 충족시킬 수 있는지, 사회 문제는 자선활동 및 사회 공헌 활동을 하거나 공익 마케팅을 통해 사회 문제에 참여하는지, 기업지배구조는 주주 권한, 노사 관계 등 법령을 준

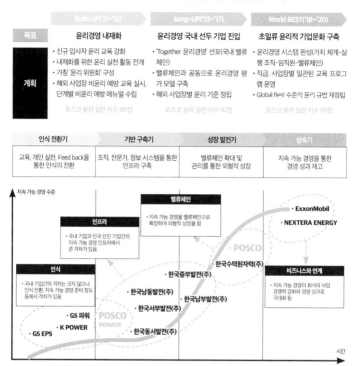

＜그림＞ 포스코에너지 윤리경영 장기 전략 체계도 및 추진 프로세스

	Build-UP('11~'12)	Jump-UP('13~'17)	World BEST('18~'20)
목표	윤리경영 내재화	윤리경영 국내 선두 기업 진입	초일류 윤리적 기업문화 구축
계획	• 신규 입사자 윤리 교육 강화 • 내재화를 위한 윤리 실천 활동 전개 • 가칭 '윤리 위원회' 구성 • 해외 사업장 비윤리 예방 교육 실시, 단계별 비윤리 예방 메뉴얼 수립	• 'Together 윤리경영' 선포(국내 밸류 체인) • 밸류체인과 공동으로 윤리경영 평 가 모델 구축 • 해외 사업장별 윤리 기준 정립	• 윤리경영 시스템 완성(가치 체계-실 행 조직-임직원-밸류체인) • 직급, 사업장별 일관된 교육 프로그 램 운영 • Global Best 수준의 윤리 규범 재정립
	포스코 윤리 실천 지수 88점	포스코 윤리 실천 지수 92점	포스코 윤리 실천 지수 95점

인식 전환기	기반 구축기	성장 발전기	성숙기
교육, 개인 실천, Feed back을 통한 인식의 전환	조직, 전문가, 정보 시스템을 통한 인프라 구축	밸류체인 확대 및 관리를 통한 외형적 성장	지속 가능 경영을 통한 경영 성과 재고

수하고 보여지는 기업 정보가 투명한지 등을 의미한다.

　이처럼 경영자가 국제적인 윤리 규범과 평가 지표를 점
검하고 실천하는 것은 자사가 지속 가능 기업으로 잘 나아가고
있는지 가늠해 볼 수 있는 체크포인트가 된다.

이해관계자 중심 측면 | 윤리경영의 두 번째 원칙은 이해관계자들의 기업 경영 참여가 늘어남에 따라 윤리경영도 이해관계자별로 구체적으로 접근해야 한다는 것이다. 이해관계자 Stakeholders란 기업 오너, 주주, 종업원, 고객, 경쟁자, 거래처, 노동조합, 금융 기관, 지역 주민, 정부 등 기업의 행동에 의하여 이익을 보거나 손해를 보는 개인이나 집단으로서 기업 활동에 직접 내지 간접적으로 영향을 받는 모든 사람을 말한다.

이들은 각자 경영에 대하여 어느 정도 지배권을 갖고 경우에 따라 압력자의 구실을 하거나 협력자의 기능을 하기 때문에 이해관계가 일치되지 않는 경우가 많다. 따라서 경영자는 다양한 이해관계자들과의 커뮤니케이션을 통해 이들의 기대와 요구를 각각 분석하고 이러한 이해관계자 집단의 이해관계를 조정하는 것이 필요하다. 그리고 기업은 그들의 경영 활동이 다른 관계자들에게 미친 결과에 대하여 책임질 수 있어야 한다.

포스코에너지는 언제부터 윤리경영 시스템을 도입하기 시작하였는가?

포스코에너지는 1969년 경인에너지로 출발하여 1972년 상업 운전을 개시한 이래 국내 최초이자 최대의 민간 발전 회사이며, 포스코 그룹의 에너지 사업을 중추적으로 담당하는 회사로서 성장 발전해 나가고 있다.

포스코에너지는 'World Best GREEN Energy Company' 라는 비전을 세우고, 이를 달성하기 위해 청정 연료를 사용하는 LNG 발전소 증설, 부생가스 복합 발전을 통한 폐기물 에너지 재활용 및 신재생 에너지 사업을 통하여 국내 최고 에너지 전문 기업으로서의 위치를 확고히 하는 한편, 해외 에너지 시장 진출 등을 통하여 글로벌 기업으로 성장할 것을 지향하고 있다.

포스코에너지는 이러한 비전을 달성하기 위하여 2005년 윤리경영을 도입한 다음, 기업 내부의 조직문화 변화를 윤리경영의 중점 목표로 설정하고, 그 대상을 직원, 지역 사회, 환경, 협력사 및 고객 등 다양한 이해관계자로 확대했다. 이를 기반으로 윤리경영 추진 전략도 밸류 체인을 중심으로 한 윤리경영 공감을 확산하고, 이해관계자 참여형 신 비즈니스의 창출을 목표로 계획하였다.

따라서 포스코에너지의 윤리경영은 사회, 경제, 환경적 측면을 강조하기보다는 이해관계자를 중심으로 접근한 윤리경영 전략을 토대로 조직문화 개선과 이해관계자와의 상생을 모색하기 위한 윤리경영 실천 프로그램으로 확대시켜왔다.

윤리경영 시스템은 포스코에너지의 성장에 어떻게 도움이 되었는가?

윤리경영이 체계적으로 실천되면서 포스코에너지가 매

년 실시하고 있는 윤리경영 자가 진단 결과의 전체 평균 점수는 지속해서 상향되었다. 즉, 포스코에너지의 조직 내 윤리 실천 수준이 매년 상승한 것이다. 이와 함께 포스코에너지의 윤리경영은 임직원의 의식 내재화와 동시에 외부적으로 그 의지를 표방하였다. 이러한 노력은 지난 '2011 포브스 최고경영자 대상Forbes CEO Award'에서 윤리경영에 대한 CEO의 확고한 의지와 포스코에너지의 윤리경영에 대한 전사적 노력이 세계적으로 인정받으며 대상에 선정되는 성과로 이어졌다.

포스코에서 윤리경영 실무를 총괄하며 겪었던 어려움과 이를 극복했던 지혜가 궁금하다.

시행 초기에는 윤리경영을 정착시키기 위한 제도적 장치에 대해 직원들이 업무 외의 부가적인 업무로 인식하며 부담스러워했다. 결국 새로운 제도적 장치가 조직원들에 의해 적극적으로 실행되는데 어려움에 봉착했고, 이를 극복하기 위해서 제도 마련 이외에 윤리경영 의식 확산을 위한 기업문화화 과정이 필요했다. 이에 대해 윤리경영을 담당하던 지속경영 그룹 리더는 다음과 같이 말했다.

"윤리경영을 정착시키기 위해 추진한 윤리 자율 실천 프

윤리 수준 제고 프로그램별 특징 및 효과

프로그램명	개선 필요	특징 및 효과
직책 보임자 교육	인격적 대우	리더 자신의 핵심 가치 확립 및 셀프 리더십 강화 직책 보임자 3단계 리더십 전문 교육 이수 마인드셋, 이론 학습, 스킬 훈련
인사 제도 개혁	공정한 처우	성과 연계 인사 평가 제도 해외 주재원 및 지역전문가 선발 제도
한마음 연수 대회	커뮤니케이션	하나되고 활기찬 조직문화 조성 전 임직원 참여의 장을 통한 소통 기회 마련

로그램을 진행하는 과정과 윤리 과제의 단계적 수행에서 부서원들의 적극적인 참여가 필수적임에도 불구하고, 이를 각 부서 윤리 담당자만의 업무로 생각하는 직원들이 많았다. 따라서 부서원들의 도움을 받을 수 없어 담당자가 본연의 업무를 수행하는데 많은 지장을 받는 현상이 발생하였다."

윤리경영 의식 확산을 위한 기업문화화 과정은 다음과 같이 진행되었다.

포스코에너지의 각 현업 부서는 윤리경영의 실천 의지를 높이기 위하여 핵심 그룹 리더를 전도사Evangelist로 선정하고, 매달 TOPTomorrow of Poscoenergy Council을 개최하였다. 전도사들은 이해관계자들의 가치를 제고하는 방안에 대해 부서 간 의견을 교류하고, 이를 내재화하여 직원들의 의식을 실질적으로 고취하고 현업에 적용하는 역할을 수행했다.

특히 포스코에너지 내부적으로 부서 간 협조, 커뮤니케이션과 차별 금지, 공정 처우 부분에서는 개선이 시급하다고 판단하여 '직책 보임자 교육', '인사 제도 개혁', '한마음 교육 신설' 등 보완 장치를 마련했다.

기업의 지속 성장을 이끌어내고자 하는 예비 CEO에게 해주고 싶은 조언은 무엇인가?

기업이 지속 가능한 발전을 실현하기 위해서 반드시 갖추어야 할 가장 중요한 가치는 신뢰다. 신뢰란 회사와 직원 간, 조직과 조직 간, 회사와 주주 간 등의 신뢰를 의미한다. 상호 간의 신뢰가 구축돼야만 비로소 진정한 소통이 이루어지고, 진정한 소통이 바탕이 되어야 변화에 대처하는 방법과 나아갈 방향을 서로가 터놓고 이야기하며 비전을 수립하고 공유할 수 있다. 그것이 바로 열린 경영이다.

소통의 문화를 만들어가기 위해서는 소통의 채널이 필요하다. 소통의 채널을 만들기 위해서는 지속적인 노력과 조직원 각자의 열정이 수반돼야 한다. 조직원 각자가 조직원으로서의 뜨거운 열정을 가져야만 비로소 진정한 소통이 가능하고, 열린 경영도 가능하다. 조직원들이 한곳에 모여 회사의 비전에 관해 토론하고, 다양한 프로그램을 통해 소통의 방법과 열정을 키울 수 있는 교육도 받고, 이를 통해 익힌 것들을 각 팀별 워크숍을 통해 전사적이고 지속적으로 전파해나감으로써 회사 경영 철학의 기본적인 개념을 공유하는 것이 중요하다.

부디 각자의 조직에서 이러한 활동이 일상적으로 일어날 수 있도록 내재화를 추진하여 지속 가능한 조직으로 변화시켜 나가길 바란다.

제19金

영원한
브랜드가 되는 법,
가치를 디자인하라

원대연
前 제일모직 대표이사

원대연 대표이사는 자타가 공인하는 패션 경영의 귀재이자 한국 패션의 세계화를 선도한 지도자이다. 고려대학교 철학과를 졸업 후 69년 중앙일보 기자로 3년간 근무하다 삼성그룹으로 이적하였다. 삼성그룹의 봉제품 수출과 패션 사업 분야 그리고 삼성디자인학교 학장으로 37년간 재임했다. 1996년 삼성물산 생활문화 부문 대표이사, 제일모직 패션 부문 사장, 대표이사를 역임했다. 제일모직 캐주얼 부문에서 폴로를 제치고 국내 매출이 10년 만에 1위로 급성장한 '빈폴' 성공 신화의 주역으로 더 잘 알려져 있다.

그는 삼성그룹에서 '패션 전문 CEO'라 불릴 정도로 패션이라는 한 길만을 달려온 한국 패션 업계의 대표적인 전문 경영인이자 한국의 패션 기업과 산업을 세계 굴지의 기업과 국가 차원의 유력 산업으로 발전시킨 장본인이다.

한국 디자인 교육의 새로운 모델을 창조한 그는 SADI 학장과 한국패션협회 회장을 역임하면서 한국 패션의 세계화를 선도하였다. 저서로는 『가치를 디자인하라』가 있다. 제1회 서울패션인상 올해의 경영인상, 대한민국디자인대상 대통령 산업포장, 철탑산업훈장, 대한민국 디자인 경영 대상, 최고 디자인 경영자상 등을 수상했다.

저서인 『가치를 디자인하라』의 제목이 눈에 띈다. 가치를 디자인하는 경영이란 도대체 무엇인가? 가치 중심 경영의 의미와 배경이 궁금하다.

우리나라의 기업들은 오랜 기간 내실은 취약하나 겉모습만 커 보이는 양적 경영에 치중해왔다. 특히 IMF 이전까지 대기업은 절대 망하지 않는다는 생각에 분식회계를 일삼으며 회사를 좋게 포장하는 데 힘썼다. 이러한 양적 경영의 분위기가 만연했던 것은 정부도 한몫했다. 단기간의 경제 성장을 위해 싸구려 제품이라도 많이 팔아 달러를 버는 데 중점을 두고 정책을 폈기 때문이다.

또한, 그 당시 기업들은 다음 연도 신 계획을 매출을 기준으로 설정했다. 사실 매출이 중요한 것이 아니라 순이익이 중요한 것인데도 말이다. 물론 내가 몸담고 있던 삼성물산이나 제일모직도 예외는 아니었다. 그러던 중, 1993년 이건희 회장의 프랑크푸르트 선언이 있었다. 그 이후 삼성이 재탄생했다고 해도 과언이 아닌데 그 선언의 배경은 이렇다.

그 당시는 일본 제품이 일류 제품이었다. 한국 제품은 가격이 저렴하기 때문에 구매하는 가성비가 좋은 제품에 불과했다. 이건희 회장은 이런 부분을 큰 문제점으로 인식하고 있었다. 그래서 전 세계에 있는 지사들을 돌아다니면서 임직원들에게 현실을 지적하고 긴장감을 불러일으켰다. 그 시기는 내가 프랑크푸르트에서 구주 본부장으로 재직할 때였다. 그런데 이건희 회장이 프랑크푸르트를 방문했을 때 사건 하나가 터졌다. 한 직원이 냉장고를 수리하는데 드라이버가 아닌, 커터 칼로 수리하는 영상을 보게 된 것이다. 이건희 회장은 이 영상을 보고 쇼크를 받아 수십 년간 체질화되어온 양 위주의 경영을 버리고 질 위주의 경영을 선언하였는데, 그게 바로 프랑크푸르트 선언이다.

임직원들도 충격을 크게 받았다. 많은 임직원은 기업이 급격하게 변화할 것을 걱정하여 점진적인 변화를 건의했다. 하지만 이건희 회장은 더욱 완고하게 밀어붙였다. 그뿐만 아니라 한국에 있던 전무급 이상 임원들을 순차적으로 프랑크푸르트로 불러들였다. 그렇게 약 한 달간 대부분의 임원에게 질적경영의 의미와 필요성을 전파 시켰다. 이때 생긴 어록이 그 유명한 "마누라 자식 빼고 다 바꿔라"다. 또한, 이러한 교육을 녹음해서 전 직원이 들을 수 있도록 했다. 실제로 정말 많은 것이 바뀌었고 삼성그룹 전체가 질적경영에 집중하게 된 큰 전환점이라고 할 수 있다.

그렇게 프랑크푸르트 선언을 겪은 후, 나는 제일모직 패션 부문의 본부장으로 한국에 돌아왔다. 이전에 삼성물산 패션 부문에서도 본부장을 맡아 본 경험이 있기 때문에 패션 산업이 굉장히 익숙했다. 그리고 과거 삼성물산에서 근무했던 경험을 토대로 해서 '제일모직을 어떻게 차별적인 패션기업으로 만들 수 있을까?' 고민했다. 그래서 과거 삼성물산에 근무할 때 느꼈던 문제점들을 분석해 봤다.

그 당시 삼성물산의 패션 부문은 한국 패션 산업에서 항상 선두를 놓치지 않는 리딩 업체였다. 하지만 재무 상태는 별로 좋지 못했다. 제품은 많이 생산하지만 너무나 많은 양이 재고로 쌓이는 것이 문제였다. 패션 산업은 제품을 만들고 그 제품을 정가에 팔면 떼돈을 버는 부가가치가 매우 높은 산업이다. 하지만 대부분의 패션 기업은 재고가 너무 많이 남아서 재고 처리를 위해 할인에 할인을 거듭하다가 적자가 나기 일쑤였다.

마찬가지로 제일모직에 부임했을 당시도 흑자 기업이 되기 위해선 재고를 잘 관리해야만 했다. 그래서 어떻게 하면 재고를 줄일 수 있을지 고민하기 시작했다. 그런데 삼성 같은 좋은 집단에서도 '어떻게 하면 세일하지 않고 정가에 판매할 수 있을까?'라는 고민은 하지 않고 '얼마나 싸게 팔아야 재고를 처리할 수 있을까?'라는 고민하는 것이었다. 정말 기가 찰 노릇이었다.

이렇게 세일만을 통해서 재고 관리를 하는 방식은 국제 경쟁력을 갖춘 글로벌 패션 기업이 되는 데에도 큰 걸림돌이 되었다. 그 당시 우리는 수많은 브랜드를 갖고 있었는데 '아르마니'나 '폴로' 같이 세계적으로 유명한 브랜드가 없었다. 글로벌 일류 패션 기업이 되기 위해서는 국제적으로 통할 글로벌 브랜드를 반드시 보유하고 있어야 한다. 하지만 우리나라 패션 기업들의 양적 경영과 과다한 재고로 인한 세일의 반복으로는 절대로 High Image & High Value의 글로벌 브랜드가 탄생할 수 없는 구조였다.

한국의 패션 기업들은 단기간의 실적을 위해 신제품이 나오자마자 세일을 한다. 그러다 보니 세일을 하지 않으면 소비자들이 구매하지 않는다. 기업은 계속해서 스스로 브랜드 가치를 깎아 먹고 있는 것이다. 그래서 이제는 우리부터 이러한 고질병에서 벗어나자고 다짐했다. 대신 가격이 조금 높더라도 그만큼의 좋은 이미지와 가치를 주는 패션 기업을 만들겠다고 결심했다.

그렇게 제일모직을 국내 1등 패션 기업으로 만들고 나서 해외 진출을 통해 세계 초일류 패션 기업으로 성장시키겠다는 청사진을 그렸다. 이러한 목표를 위해서 세운 전략이 '노세일 전략'이다. 대한민국 패션 브랜드 전체가 세일을 해도 우리는 세일을 하지 않는다는 것이다. 그러기 위해선 글로벌 브랜드를 만들겠다는 CEO의 중장기적인 비전과 목표, 도전 정신, 집념과 확고한 철학이 전제되어야 한다. 그리고 가장 먼저 기본인 품질에 변화가 있어야 한다.

품질이 당연히 경쟁사보다 좋아야 하고 그다음으로 신경 써야 할 것이 디자인과 서비스다. 그래서 경쟁사들과 바느

질부터 비교하기 시작해서 공장까지 모두 바꾸게 되었다. 그렇게 원점으로 돌아가서 새로 시작한다는 마음Back to Basic으로 기업을 쇄신시키려고 노력했다. 물론 이러한 노력이 금방 효과가 나타나지는 않았지만 1년, 2년쯤 지나자 소비자들이 느끼기 시작했다.

기존에 있던 브랜드는 이렇게 관리를 하면서 노세일 신규 브랜드로 만들어가기 시작했다. 그동안의 관례를 보면 패션 기업들은 신규 브랜드를 론칭할 때도 소비자들이 모르는 브랜드를 사지 않는 것이 두려워 바로 할인을 했었다. 하지만 우리는 신규 브랜드에는 철저히 노세일 전략을 적용했다. 그뿐만 아니라 기업을 세일하지 않는 고가 브랜드의 이미지로 묶어가고 있는데 중저가 브랜드가 있으면 통일성이 약해지기 때문에, High Image, High Value 방향과 다른 흑자 원년의 중저가 브랜드까지 없애버렸다.

그렇게 시간이 지나다 보니 직원들의 인식도 바뀌기 시작했다. 처음엔 기업이 정상화되기까지의 기간을 3년 정도로 내다보았다. 그러나 이런 노력의 결과 3년까지 갈 필요도 없이 일찌감치 흑자 전환을 일궈냈다. 결국 가치를 디자인해서 고객들이 필요로 하는 높은 가치와 신뢰를 주는 질적경영이 딱 들어맞은 것이다. 이와 함께 회사가 세일에 대한 충동을 억제하고 노세일을 하겠다는 철학을 고수했기 때문에 이후에 빈폴과 같은 브랜드가 최고의 브랜드로 성장할 수 있지 않았나 생각한다.

여담이지만, 2004년 제일모직을 떠나게 되었는데 내가 퇴사한 다음 날부터 다시 세일 정책이 시작되었다. 이것이 바로 가치를 만들겠다는 철학의 빈곤이다. 그 이후로 빈폴의 브랜드 가치가 추락하고 있는 모습을 보게 되어서 많이 안타까울 뿐이다. 영원한 브랜드가 되고 싶은가? 그렇다면 가치를 디자인해야 한다.

제일모직의 대표적인 브랜드 '빈폴'은 어떻게 가치를 디자인하였는가?

빈폴Beanpole이라는 브랜드는 기존 브랜드 중 처음부터 성공 가능성이 높아 보이는 브랜드였다. 그 당시 전 세계적으로 굉장히 유행했던 폴로Polo라는 브랜드가 있었다. 폴로가 만드는 옷은 영국의 전통복을 현대적인 스타일로 재구성한 Traditional casual 풍의 옷이었다. 한국에도 비슷한 스타일을 만드는 브랜드가 많았고, 빈폴도 그중 하나였다. 그래서 "폴로를 때려잡자!"라는 구호 아래 빈폴을 집중적으로 육성하기 시작했다.

그 당시에는 국내 백화점에서 폴로가 입점하지 않은 백화점이 없을 정도로 인기가 좋았다. 과히 난공불락의 브랜드라고 할 수 있었다. 그래서 회사 내부적으로 10년이라는 기간을 목표로 하고 국내에서 폴로를 따라잡은 후에 해외 진출을 하는 비전을 제시했다. 회사의 모든 임직원은 빈폴에 대한 기대가 매우 컸다. 기업에서 한 개의 브랜드만 제대로 키워도 세계 일류 패션기업으로 성장할 수 있다는 것을 뒤늦게 깨달았기 때문이다. 물론 노세일 정책은 기본으로 했다. 그뿐만 아니라 빈폴에 '토탈 패밀리 브랜드'라는 명칭을 부여하고 회사의 모든 역량을 집중시켰다.

토탈 패밀리 브랜드라고 하면 아버지, 어머니, 아들, 딸 등 온 가족이 한 매장에서 쇼핑할 수 있는 브랜드를 말한다. 점점 백화점 내에서의 매출이 오르고는 있었지만, 한 가지 문제점이 있었다. 백화점 측에서 우리에게는 큰 매장을 내주지 않는 것이다. 평당 매출을 환산해 보면 폴로보다 매출이 훨씬 높을 때도 있었는데도 말이다. 하지만 백화점들은 사대주의처럼 외국 브랜드를 우선해서 큰 매장에 입점시키고 있었다.

폴로는 매장도 크고 고급스러운 인테리어를 고수하기 때문에 어떤 제품을 가져다 놓아도 고급스럽게 보이는 효과를 얻었다. 반면에 빈폴 매장은 규모부터 폴로의 반도 되지 않았기 때문에 경쟁하기가 어려웠다. 그래서 해결책을 내놓은 것이 지방 백화점부터 공략하는 것이었다. 그래서 그동안의 매출 자료를 들고 지방 백화점으로 내려갔다. 그리고 우리는 이렇게 주장했다.

"폴로랑 같은 조건이 아니면 절대로 입점하지 않겠다."

처음에는 지방 백화점들이 어이없게 생각했을 것이다. 하지만 그들은 매출 자료를 살펴보더니 평당 매출은 빈폴이 더 높다는 걸 알게 되면서 모든 조건을 받아들였다. 평당 매출이 폴로보다 높은데 매장 크기까지 늘어났으니 매출이 폭발적으로 늘어나게 되었다. 결국, 메이저 백화점 3사도 이 소문을 듣고 폴로와 같은 조건으로 맞춰주게 되었다.

그렇게 매출이 폭발적으로 증가하고 나서는 서비스에 집중하기 시작했다. 능률협회와 함께 고객 만족도 조사를 하면서 기본 품질, 색상, 고객 서비스 등 10개 정도의 항목을 가지고 매 시즌 폴로와 비교 평가를 했다. 우리가 폴로보다 열세인 항목이 있으면 이것을 어떻게 바꿀지 전 직원이 매달렸으며, 2개 항목에서 폴로보다 앞서지 못했을 땐 전사 임원 승진 1호자를 승진시키지 않았다. 그렇게 1년 정도 경영을 하다 보니 품질은 말할 것도 없이 좋아졌고 전국 모든 매장에 빈폴을 사려는 사람들로 문전성시를 이루게 되었다.

이처럼 유통이나 서비스 등 다른 부분에서도 많은 노력이 있었지만, 빈폴이 가치를 디자인해 나갈 수 있었던 결정적인 한 수는 노세일 전략이었다고 할 수 있다. 전 직원이 하나 되어 이미지와 가치를 올리기 위해 노력했기 때문이다. 결과적으로 노세일 선언 후에도 매출이 급상승하여 큰 성과를 이루었다. 오히려 해를 거듭할수록 브랜드 파워는 커져만 갔다.

전 국민의 인식에 빈폴은 세일하지 않는 고급 브랜드라는 인식이 박힐 즈음, 쐐기를 박는 광고를 시작했다. 광고에는 배우뿐만 아니라 하버드 대학교나 케임브리지 대학교 출신의 저명 인사를 광고 모델로 썼다. 그 결과로 하이 소사이어티 혹은 엘리트가 입는 브랜드로의 이미지까지 구축하게 되었다. 그 당시 빈폴이 너무나 잘 되었기 때문에 빈폴 짝퉁 브랜드들도 생기기 시작했다. 정말 어마어마한 인기였다.

결론적으로 폴로를 꺾고 10년 만에 국내 최고 브랜드 탈환과 해외 진출이라는 목표를 달성할 수 있었다. 빈폴 프로젝트를 처음 시작했을 때는 250억 규모였던 매출이 10년 만에 3,500억 원 규모가 되었다. 또한, 노세일 기준으로 생산량의 85% 이상을 판매하는 유례없는 성공을 이룬 것이다. 양 경영을 버리고 끈질기게 질 경영을 추진하여 세일할 때 보다 더 큰 매출 성장과 고부가가치를 창출하게 된 것이다.

결국, 질적경영의 성공이자 인내의 성공 그리고 현실과 타협하지 않은 결과라고 평가할 수 있겠다.

아직도 대한민국의 많은 기업이 시간이 걸리고 힘들어도 좋은 이미지와 가치를 올리는 노력보다는 우물 안 개구리처럼 양적 성장에만 치중하는 관행에서 벗어나지 못하고 있다. 제품을 만들면 오직 판매만을 위해서 세일에 세일을 거듭한다. 결국, 스스로 브랜드의 가치를 깎아내릴 뿐 아니라 건전한 흑자 구조를 만들기 힘들게 되는 것이다. 이렇듯 아직까지도 브랜드의 가치를 잘 모르는 것이 우리나라 기업계의 슬픈 현실이다.

브랜드의 가치는 곧 경쟁력이다. 다시 말해 대한민국의 브랜드가 세계적인 브랜드로 성장하지 못하고 있기 때문에 우리나라 기업의 발전이 더딘 것이다. 대다수 경영진들은 올 한 해를 어떻게 무사히 넘기는지가 중요할 뿐이다. 이런 식으로 점점 시간이 지나다 보면 우리 토종 브랜드들이 해외 진출은커녕 내수 시장에서도 설자리를 잃게 될 것이다. 우리 땅은 너무 작은데 반해 글로벌 기업들의 국내 시장 침투 속도는 너무나 빠르다. 다시 말해, 순식간에 내수 시장이 잠식당하게 될 처지에 놓여 있는 것이다. 더는 우물 안 개구리 식으로 생존에만 급급해서는 안 된다.

이제는 진정으로 CEO들이 세계적인 글로벌 브랜드를 만들겠다는 20~30년의 장기적인 목표와 미래의 비전을 가지고 세계 시장을 뛰어다니면서 진두지휘를 해야 한다. 누구보다 적극적으로 움직여서 글로벌 브랜드를 만드는 데 모든 역량을 쏟아야 한다. 그렇기에 해외로 나가서 넓은 세계와 미래를 보는 눈을 키울 것을 주문하고 싶다.

이미 20여 년이 지났지만 나는 제일모직 본부장 때부터 "중국은 제2의 내수 시장이다. 중국 소비자가 인정하는 2~3개의 최고 브랜드를 만들자"라는 10년 목표를 세웠을 뿐 아니라 미국 ASTRA, 이태리 고급 브랜드 진출 등을 위해 열심히 현장을 진두지휘하였다.

일반적으로는 해외에 직원들을 보낸 채 대표이사나 고위 임원들은 보고만 받는 것이 관례처럼 되어있다. 하지만 기업에서 대부분의 의사 결정을 진행하는 사람들은 임원진이다. 다시 말해 책상 앞에 앉아있기만 해서는 빠르게 변하는 시장과 트렌드를 따라갈 수가 없다. 그래서 높은 직위로 올라갈수록 세계 시장을 직접 뛰어다니며 일반 사원 시절보다 더 많은 것을 경험할 것을 주문한다.

20여 년 전만 해도 일본 SONY 등 전자 브랜드와 비교조차 되지 않던 삼성, LG 브랜드가 30여 년 이상 각고의 노력 끝에 이룬 신화를 보며 교훈을 얻어야 할 것이다.

위대한 경영자를 꿈꾸는 사람이라면

　　경영자를 꿈꾸는 사람이라면 경영이 무엇이며, 경영학은 무엇인지, 또 왜 공부해야 하는지를 스스로 질문해 보고 대답할 수 있어야 한다. 성공하는 기업과 조직 그리고 경영자에게는 어느 정도 공통된 패턴이 있다. 이를 연구하는 경영학은 여러 사례를 통해 패턴을 분석하여 기업 및 조직에 관한 현상을 밝히고 인사이트를 제시한다. 우리도 이러한 경영학적 접근을 기반으로 여러 기업의 사례를 연구함으로써, 경영자가 기업을 통해 성과를 내는 과정 속에 숨은 패턴을 포착하고, 열아홉 분의 성공하신 기업가 선배님들과 치열하게 토론하는 과정을 통해서 경영자를 꿈꾸는 이들이 반드시 알아야 할 경영의 원리를 19가지의 메시지로 전달하게 되었다. 그 메시지의 결과물이 바로 『19금 경영 스쿨』이다.

『19금 경영스쿨』는 경영자를 꿈꾸는 이들이 잘나가던 조직을 단기간에 몰락의 길로 이끄는 경영자가 아닌, 기업을 살리는 경영자로서 성장할 수 있도록 돕는 중요한 이정표가 되겠다는 목적에서 출발했다. 그래서 우리는 경영자가 기업을 통해 '성과Performance를 내는 과정'에 주목했으며, 이 책에서 시도한 내용을 요약하면 다음과 같다.

경영자가 기업을 통해 성과를 내는 첫 단추는 기업의 목적을 분명하게 하는 것이다. 이 책에 소개된 열 아홉 분의 경영자들에게 주목해야 할 점은 성취할 만한 분명한 목적을 찾아냈고, 그 목적 아래 조직 내 구성원들의 노력을 하나로 통합하여 엄청난 힘을 발휘하게 만들었다는 것이다.

성취할 만한 목적과 업의 개념을 정의하고, 필요한 자금을 조달하는 것이 바로 비즈니스의 기반을 다지는 과정[1장]이다. 목적을 이루기 위한 측정 가능한 목표를 설정한 다음에는 기업의 내부 환경을 관리[2장]할 뿐만 아니라 기업 외부의 위협에도 대비[3장]하는 등 기업이 처한 내·외부적 상황을 먼저 탐색한다. 이를 바탕으로 경영자는 기업의 목적을 뒷받침해 주고 기업의 목표와 일치하는 경영전략을 선택하는 단계로 진입한다. 이 단계에서 경영자는 '어떻게 다른 기업과 차별화하고 고객을 확보할 것인가?'[4장], '경영 의사 결정은 어떻게 할 것인가?'[5장], '성장을 위해 제품라인을 확장하거나 새로운 시장으로 진입할 것인가?[6장] 등의 고민을 하며 목적에 맞는 전략을 수립하고 조직의 구조를 디자인하게 된다.

경영자가 기업의 전략을 수립했다는 것은 마치 가고자하는 방향으로 자전거의 핸들을 잡은 것과 같다. 이제 목적지까지 도달하기 위해 남은 일은 자전거의 페달을 밟는 것이다. 이것이 바로 '실행'이다. 이러한 실행력은 경영자가 기업을 이끄는 동력이며, 전략은 오직 실행을 통해 활용될 때만 힘으로 나타난다. 페달을 계속 밟지 않으면 자전거가 밸런스를 잃고 넘어지듯이 경영자가 강력한 의지와 추진력을 바탕으로 전략을 실행하지 않는다면 기업은 무너지게 된다. 또한, 페달을 밟는 일뿐만 아니라 자전거를 지속적으로 앞으로 가도록 만들기 위해서는 녹슨 체인도 갈아줘야 하고 바퀴에 빠진 바람을 넣어주는 일에도 신경 써야 한다. 즉, 경영자는 "어떻게 지속 가능한 기업으로 만들 것인가"[7장]에 대한 방법까지 고민하며 이를 실행해야 한다.

최종적으로 경영자는 이러한 실행의 결과를 통해 평가받는다. 만에 하나 일시적으로 실패할 수는 있을지라도 실패로부터의 교훈을 얻어낸 후 포기하지 않고 다시 도전하여 실행한다면 반드시 탁월한 비즈니스 성과를 이룰 수 있을 것이다.

물론 이 세상에는 너무나 많은 변수가 있기 때문에 이 모든 사례와 이론이 100% 들어맞기는 쉽지 않을 것이다. 결국 모든 챕터에서 다룬 사례와 이론을 나의 것으로 흡수하되 지금 맞닥뜨린 현실과 과거 사례 그리고 이론 사이에서 밸런스Balance를 찾아 성과를 내야 하는 것이다. 그렇게 된다면 상황 대처 능력에 이론까지 무장된 막강한 밸런스 있는 경영자가 될 수 있을 것이다.

밸런스라는 단어가 나온 김에 "경영이란 밸런스 맞추기이다Management is Balancing"라는 말로 이 책을 마무리하고 싶다. 현대 경영학을 창시했다고 할 수 있는 피터 드러커 교수는 "경영은 종합 예술이다"라는 말을 한 것으로 유명하다. 다시 말해 기업을 경영하는 것은 인문학, 사회 과학, 심리학, 철학, 경제학, 역사학 등 심지어는 자연 과학, 윤리학까지 파고들어야 한다는 것이고, 결국 경영이란 조직의 성과를 위해 이 모든 학문의 밸런스를 통해 마주한 문제들을 해결해 나가는 과정인 것이다.

더 나아가 경영자는 이상과 현실, 공과 사, 조직의 이익과 개인의 이익 혹은 조직의 이익과 공공의 이익 등 기업을 꾸려나가는 과정에서 무수히 많은 선택과 의사 결정의 문제에 봉착하게 될 것이고, 이 과정에서 밸런스를 잃은 경영자는 범법자가 되거나 기업의 수익성이 급격하게 저하되어 회사 운영에 어려움을 겪게 될 수밖에 없다.

결국 이 책에서 전달하고자 하는 19개의 메시지도 밸런스를 갖춘 상황에서 극대화될 수 있는 것이다. 이렇게 마지막으로 '밸런스'를 강조하며, 지금까지 다룬 '금보다 귀한 19가지 경영의 지혜'를 통해 경영자를 꿈꾸는 모든 이들이 가치 있는 비즈니스 성과를 이루길 소망한다.

참고 문헌

1. 조안 마그레타, 『경영이란 무엇인가』, 김영사, 2004

2. 서성무 · 이지우, 『경영학의 이해』, 경문사, 2003

3. 조서환, 『근성, 같은운명 다른태도』, 쌤앤파커스, 2014

4. 황창환, 『한계돌파 세일즈』, 라온북, 2014

5. 로버트 퀸 · 안잔타코, 『목적중심 경영』, 니케북스, 2021

6. 박홍수 · 이장우 · 오명열 · 유창조 · 전병준, 『경영학회가 제안하는 공유가
치 창출 전략』, 박영사, 2014

7. 김성수, 『21세기 윤리경영론』, 삼영사, 2009

8. 나폴레온 힐, 『성공의 법칙』, 중앙경제평론사, 2007

9. 짐 콜린스, 『Good to Great』, 김영사, 2002

10. 윤진호, 『기업경영과 원가 관리』, 학문사, 2003

11. 최종원, 『관리회계원리』, 신영사, 2015

12. 이장우, 『몰랑몰랑』, 올림, 2018

13. 정우성 · 윤락근, 『특허전쟁』, 에이콘출판, 2011

14. 송길영, 『여기에 당신의 욕망이 보인다』, 쌤앤파커스, 2012

15. 윤영석, 『사양 산업은 없다』, 한국경영자총협회, 1995

16. 윤언철, 『능력발휘를 극대화시키는 인재포지셔닝』, LG주간경제, 2006

17. 제이 바니 · 윌리엄 헤스털리, 『전략경영과 경쟁우위』, 시그마프레스, 2015

18. 조성식, 『기업의 조직문화 형성을 위한 리더십 역할에 관한 연규 : 사회적
책임경영을 중심으로』, 서울과학종합대학원대학교, 2013

19. 조성식 · 김보영, 『SPICE 모델을 적용한 윤리적 조직문화 형성 : 포스코파

워 윤리경영 실천 프로그램 구축 사례』, 포스코경영연구소, 2011

20. https://brunch.co.kr/@hr-friend/327

21. http://www.lgeri.com/report/view.do?idx=18126

22. https://www.mk.co.kr/news/economy/view/2009/12/640023/

23. https://news.joins.com/article/21741889

24. http://eiec.kdi.re.kr/publish/naraView.do?cidx=11341

25. http://www.hani.co.kr/arti/international/china/866909.html

26. https://www.mk.co.kr/news/world/view/2019/12/1070428/

27. https://www.ajunews.com/view/20181026102931847

28. https://shindonga.donga.com/3/all/13/1765420/1

29. http://www.loveject.com/communication/089.html

30. https://dbr.donga.com/article/view/1201/article_no/479

31. http://www.pressian.com/ezview/article_main.html?no=39

32. https://scienceon.kisti.re.kr/commons/util/originalView.do?cn=JAKO2
    00958836904037&oCn=JAKO200958836904037&dbt=JAKO&journal=NJ
    OU00412750

33. https://unibranding.tistory.com/197

34. https://www.donga.com/news/It/article/all/20190715/96483481/1

35. http://www.everynews.co.kr/news/articleView.html?idxno=35065

19금 경영스쿨

초판 1쇄 발행   2022년 05월 10일

글쓴이   한도윤·장동진
펴낸이   김왕기
편집부   원선화, 김한솔
디자인   푸른영토 디자인실

펴낸곳   **(주)푸른영토**
            주소   경기도 고양시 일산동구 장항동 865 코오롱레이크폴리스1차 A동 908호
            전화   (대표)031-925-2327 팩스 | 031-925-2328
            등록번호   제2005-24호(2005년 4월 15일)
            홈페이지   www.blueterritory.com
            전자우편   book@blueterritory.com

ISBN 979-11-92167-12-1   03810
ⓒ 한도윤·장동진, 2022